大运河城市文化书系

丛书主编 卫军英

大运河杭州诗话

姚逸超 著

首都经济贸易大学出版社
Capital University of Economics and Business Press
·北 京·

图书在版编目（CIP）数据

大运河杭州诗话 / 姚逸超著. -- 北京：首都经济贸易大学出版社, 2024.4

ISBN 978-7-5638-3669-7

Ⅰ. ①大…　Ⅱ. ①姚…　Ⅲ. ①古典诗歌—诗歌欣赏—中国②大运河—文化史—杭州

Ⅳ. ①I207.2②K928.42

中国国家版本馆CIP数据核字（2024）第056539号

大运河杭州诗话

DAYUNHE HANGZHOU SHIHUA

姚逸超　著

责任编辑　潘　飞

封面设计　傅星儒

出版发行　首都经济贸易大学出版社

地　　址　北京市朝阳区红庙（邮编 100026）

电　　话　(010) 65976483　65065761　65071505 (传真)

网　　址　http://www. sjmcb. com

E-mail　publish@cueb. edu. cn

经　　销　全国新华书店

照　　排　北京砚祥志远激光照排技术有限公司

印　　刷　北京九州迅驰传媒文化有限公司

成品尺寸　170毫米 × 240毫米　1/16

字　　数　158千字

印　　张　11

版　　次　2024年4月第1版　2024年4月第1次印刷

书　　号　ISBN 978-7-5638-3669-7

定　　价　50.00元

本书由杭州市社科重点研究基地“城市文化创新传播研究中心”、浙大城市学院“京杭大运河文化研究院”资助出版

“大运河城市文化书系”
总序

横贯南北的京杭大运河，从苍茫的历史深处流淌而来，穿过两岸林林总总的城市和田野，经历了无数次的改朝换代，淘尽了数不清的泥沙。千百年来桨声灯影，舟楫穿行，千里沧波如镜，千年长歌如诉。这条历经沧桑依然容颜不变的大河，作为中国历史文化的一个见证，在我的印象里宛然是中华民族从农耕文明走向工业文明、从大河文化汇入海洋文化的象征。

河流与城市的交汇，原本就是人类文明发展的自然集聚，因此作为人类社会进步的象征，本身就具有相应的符号价值。而京杭大运河这一中华民族的历史创举，更是这个古老的民族寻求沟通和繁荣的智慧结晶，它所铺展开来的不仅是南北漕运的通道，而且是承载中华文化的宏大舞台。夏日暮色苍茫之际，站在大运河的南端抬头北望，城市的天际线迤逦延伸，随之一种对文化踪迹的追寻，一种深沉的历史叙事感油然而生。亚里士多德有一个经典的定义：“人是具有逻各斯的动物。”文化发展在本质上说，就是人类故事的演绎和符号化的过程。所以当我们从文化传播学视角来看待这些时，可以简单直接地将他的话转化为“人是符号的动物”。大运河如同一条美丽的丝带，而运河沿岸的城市则如同丝带串起的明珠。

因此，我们试图以京杭大运河为纽带，以大运河所连接的城市为节点，通过文化叙事方法，展示其充满民族色彩的人文魅力。叙事的核心内容自然围绕大运河以及沿岸的城市和人，围绕它所构成的斑斓的历史和现实。我们对大运河和城市的理解，如同法国城市地理学家菲利普·潘什梅尔(Philippe Pinchemel)在其所著《法国》一书中所说的那样：“城市既是一个景观、一片经济空间、一种人口密度，也是一个生活中心和劳动中心；更具体点说，也可能是一种气氛、一种特征或者一个灵魂。”这种理解不仅超越了一般自然和经济认识的局限，而且穿越物质存在的空间，延展到了更深层次的精神性层面，在某种意义上说就是指向了与城市相关的文化人格，以及由文化人格所折射出来的大运河所塑造与影响的城市形象和城市品牌。正是从这个意义上说，我们对大运河与城市文化传播的关注，就不仅仅甚至主要不是着眼于商业文明，而是关注运河城市的风土人情和文化踪迹，以及以人为中心所交织和延伸开来的种种传说。

文化的传播是国家软实力的建构和重塑，大运河城市文化叙事无疑也具有同样的意义，因此这个书系以文字形态进行文化叙事，其目标并不止于进行简单的大运河城市文化资料搜集。当文化成为一种国家战略时，我们更进一步的愿景，乃在于探求一种叙事范式，即通过考察大运河城市文化，力求寻找具有特色性的叙事方法，实现某种符号表达和阐释体系的建设。我们理解任何宏大叙事，实质上都是基于具体对象的深刻观察而展开的，因此立足于大运河城市文化的叙事，本身也是探寻普遍性理论的一种路径。正如以色列历史学家尤瓦尔·诺亚·赫拉利（Yuval Noah Harari）所说的，人类社会发展很大程度上如八卦一般，通过故事的虚构和叙述而存在，而发展的过程自始至终都是在讲故事。所以简单地说，我们就是要通过讲好大运河城市故事，实现讲好中国故事、传播好中国声音的目的。

书系的建设正好与我主持的哲学社会科学重点研究基地工作相对应，完全契合“城市文化创新传播研究中心”的工作主旨，同时也符合浙大城市学院“大运河文化研究院”的工作内容。校区的旁边就是古老的京杭大运河，每一天我们都与它见面，彼此关注，无声地对话。那种长期的陪伴不仅没有使我们对运河熟视无睹，相反，运河的清波似乎在传递某种隽永，而这种隽永成为我们所共享、传承，乃至于不断赋予意义的共有记忆。提出“集体记忆”的法国历史学家莫里斯·哈布瓦赫（Maurice

Halbwachs）认为，记忆不是被保存下来的，而是在现在的基础上被重新建构的。也许这正是大运河城市文化叙事，在历史寻觅中历久弥新的基础。因此，在这套丛书中，我们并不狭隘地封锁自己的目光，而是依循延伸的大运河和充满生机的城市，挖掘、探寻其千年历史文化演进所给予我们的“集体记忆”，通过一点点的努力，怀着万涓成水的信心和期待，将其汇入大运河般亘古不息并奔赴未来的历史长河之中。

卫军英

2017年6月25日

杭州栖溪阁

前　言

中国历史悠久，中华民族古老的文化基因印刻在每一个鲜活的生命里，呼唤着我们溯游。行走在京杭大运河沿岸，悠悠不尽的河水、循环的日升日落，总让人在不经意间回想起时光曾经的模样。在现代交通飞速发展之前，京杭大运河这条中国版图上的黄金水道，已创造了千年的商贸繁华，承载了千年的仕宦商旅，也见证了千年的衰败兴荣。站在时间的崖谷之前，我们借助诗词的书写，得以重绘历史的剪影，知晓曾经真实的悲喜。

本书以时代为轴，以京杭大运河的终点杭州为主要地点，探讨与这条大运河相关的诗词作品与文学活动，希望在时空的范畴内观察、定位文学与人，讨论地域、行旅如何影响文学的创作与表达，文学又如何记录、构建时空与文化。

本书前三章以宋代为限，分别讨论了仕宦商旅往来的西兴和升平繁华的沙河塘，并以柳永之词为例，探究了宋人水上行旅与文学创作的关系。西兴位于钱塘江南岸，是连接江南运河与浙东运河、沟通浙东浙西的重要渡口。沙河塘是杭州运河支流，是宋代的都民胜游之地。二者在宋人的诗词中有着丰富而广泛的书写，具有诗意而多元的内涵。柳永是第一个在词中大量写入运河元素的词人，故第三章以柳永为例，探讨了柳永的南行路线，分析了柳永对水路行旅相关意象的文学呈现，以及不同的出行方式带给这位词人之不同的行旅感受，从而形成其词作审美风格的差异。

本书第四章到第七章，主要关注明清诗词对如今杭州运河核心区域的文学书写。明人王洪、聂大年以联章组词的形式分咏八景，完成了对运河沿岸湖墅风景的发掘、书写与传播。清代魏标的《湖墅杂诗》更以百首诗歌写就湖墅方志，对湖墅之风景、世情、民俗、人物给予了全面歌咏，兼具纪实与审美的双重价值。

本书第六章进一步聚焦明清时期卖鱼桥南的运河名园——养素园，以《养素园诗》三卷的创作、集结为线索，展现了运河园林的景色风貌、文学功能与人文意义。

与前代的风流文雅形成对比，本书第七章则以晚清陈蝶仙《拱宸桥竹枝词》为研究对象，展开了清末拱宸桥一带喧哗热闹的风俗图卷。变动不居的河流平静地流淌着，流传至今的歌谣将曾经的繁华、雅致、冷寂等都记录了下来。如今，运河沿岸风光如绘，但只有当我们听懂那曾经的吟唱时，可能才能真正看懂这水光脉脉的景象。

弱水三千，本书仅是一瓢饮，借以略微增进对这片土地的了解，书中的浅薄与谬误，恳请读者们包容、指正。感谢卫军英老师、孙福轩老师等的鼓励与帮助，感谢杭州市社科重点研究基地和我校京杭大运河文化研究院给予本书出版的支持，感谢首都经济贸易大学出版社在本书编辑过程中的专业工作。

目　录

第一章　两宋诗词中的西兴

位于运河南端的杭州自古就是繁华之地，江南运河、浙东运河、钱塘江三条水路在此交汇，交通便利。自古以来，浙江以钱塘江为界，有浙东、浙西之分，其中位于钱塘江南岸的西兴，是浙东运河的发端。西兴，旧称西陵，宋时设西兴镇，原辖于萧山县（今浙江萧山。下同。——作者注），历史上长期隶属绍兴，为宁绍台之襟喉、两浙往来之都会。

中华人民共和国成立后，西兴先后隶属杭州市长河区、西湖区以及萧山市（今杭州市萧山区）等。1996年12月，杭州市成立滨江区，设西兴街道并将其划归滨江区。由杭州往浙东，西兴是重要的渡口和驿站。自古以来，往来仕宦墨客、商贾游人有不少在西兴道中留下诗篇，使西兴不仅成为交通史上的重要所在，而且成为诗歌史上重要的书写对象，西兴也因此享有"浙东唐诗之路起点"的美誉。两宋时期，运河水运发达。南宋时期，更是大力开发浙东运河，对其倚赖甚多。西兴作为浙东之首地，在诗歌中的表现也更加频繁和丰富。

今杭州市钱塘江上的西兴大桥（池方越　摄）

一、西兴的历史沿革与宋前西陵诗歌的书写

西兴，本名固陵，相传春秋时越国范蠡于此筑城。《水经注·浙江水》曰："浙江又经固陵城北。昔范蠡筑城于浙江之滨，言可以固守，谓之固陵。今之西陵也。"① 西晋永嘉元年（307）会稽内史贺循于西陵渡口开凿运河，即萧绍运河。六朝及隋唐时，称之为"西陵"。五代吴越改名作"西兴"。宋施宿等《嘉泰会稽志》卷一《古城》有云：西陵城，在萧山县西一十二里。皮光业《吴越武肃王庙碑》云："渔浦鼋石翼张下营萧山西陵，鳞次列砦，则西陵即王屯兵之所。今城基在明化寺之南，居民犹有得其断砖遗甓者。初武肃王既都钱塘，僭名西都，以为西陵非吉语，遂改曰西兴云。"② 又，宋张淏《宝庆会稽续志》卷三《萧山》云："西兴镇，前志云：西陵城在萧山县西十二里，吴越武肃王以西陵非吉语，遂改曰西兴。今按《越绝书》：'浙江南路西城者，范蠡屯兵城也。其陵固可守，故谓之固陵。'详此即今西陵也。《越绝书》所云，图经、前志俱不曾引及，惜哉！"③宋代祝穆的《方舆胜览》卷六亦云："西兴渡，在萧山县西十二里，本名西陵。吴越武肃王以非吉语，改西兴。"④

西兴是浙东首站，浙东运河流经西兴的一段又称官河，浙东运河又称西兴运河、箫绍运河。《宝庆会稽续志》卷四《萧山运河》云："运河自萧山县西兴，六十里至钱清堰，渡堰迤逦至府城，凡一百五里。"⑤唐时在西兴运河南岸设立庄亭，宋时改作日边驿，后改曰西兴驿。元明清时，西兴仍为浙东第一关隘，通南北之商，候往来之使，繁盛如故。历史上的西兴与如今的西兴位置大致相当，如今杭州西兴大桥南岸仍有西兴驿遗址留存。

---

① 王国维：《水经注校》，上海人民出版社，1984年，第1262页。
② 施宿等：《嘉泰会稽志》卷一，载《宋元方志丛刊》，中华书局，1990年，第6731页。
③ 张淏：《宝庆会稽续志》卷三，载《宋元方志丛刊》，中华书局，1990年，第7123页。
④ 祝穆：《方舆胜览》卷六，上海古籍出版社，1986年，第5页。
⑤ 张淏：《宝庆会稽续志》卷三，载《宋元方志丛刊》，中华书局，1990年，第7135页。

西兴驿遗址（池方越　摄）

作为南北往来、东西沟通的重要津渡，文人墨客、商贾仕宦往来两浙必经此地，而西兴位于钱塘江畔，江潮奔涌，两岸风景绝佳，故自魏晋南北朝至唐代，各路文人墨客在此留下了诸多佳篇。彼时，西兴还未改名，其在诗篇中多被称为西陵。西晋苏彦《西陵观涛诗》称得上是现存最早描写西陵的作品，正所谓“洪涛奔逸势，骇浪驾丘山。訇隐振宇宙，漰磕津云连”[①]，该诗写出了钱塘江潮奔涌澎湃、震人心魄的气势。西兴是观潮佳处，故而此后历代吟咏西兴的作品，也多书写钱塘江潮的磅礴奔逸。例如，南朝谢惠连、谢灵运等诗歌酬唱，分别写有《西陵遇风献康乐》诗五章、《酬从弟惠连》诗五章等。

其中,《西陵遇风献康乐》诗五章为谢惠连辞别谢灵运，由会稽北归，在西陵遇风受阻时所作。其诗云：

我行指孟春，春仲尚未发。趣途远有期，念离情无歇。成装候良辰，漾舟陶嘉月。瞻涂意少悰，还顾情多阙。

哲兄感仳别，相送越垧林。饮饯野亭馆，分袂澄湖阴。凄凄留子言，眷眷浮客心。回塘隐舻栧，远望绝形音。

靡靡即长路，戚戚抱遥悲。悲遥但自弭，路长当语谁。行行道转远，去去情弥迟。昨发浦阳汭，今宿浙江湄。

屯云蔽曾岭，惊风涌飞流。零雨润坟泽，落雪洒林丘。浮氛晦崖巘，积素惑原畴。曲汜薄停旅，通川绝行舟。

临津不得济，伫楫阻风波。萧条洲渚际，气色少谐和。西瞻兴游叹，东睇起凄歌。积愤成疢痗，无萱将如何。[②]

《酬从弟惠连》诗五章则是谢灵运的酬唱之作，该诗中也描写了西陵秀丽的景色，并寄寓了惜别思念之意。其诗云：

寝瘵谢人徒，灭迹入云峰。岩壑寓耳目，欢爱隔音容。永绝赏心望，长怀莫与同。末路值令弟，开颜披心胸。

① 逯钦立：《先秦汉魏晋南北朝诗 · 晋诗》卷一四，中华书局，1983 年，第 924 页。
② 逯钦立：《先秦汉魏晋南北朝诗 · 宋诗》卷四，中华书局，1983 年，第 1193 页。

心胸既云披，意得咸在斯。凌涧寻我室，散帙问所知。夕虑晓月流，朝忌曛日驰。悟对无厌歇，聚散成分离。

分离别西川，回景归东山。别时悲已甚，别后情更延。倾想迟嘉音，果枉济江篇。辛勤风波事，款曲洲渚言。

洲渚既淹时，风波子行迟。务协华京想，讵存空谷期。犹复惠来章，祇足搅余思。傥若果归言，共陶暮春时。

暮春虽未交，仲春善游遨。山桃发红萼，野蕨渐紫苞。嘤鸣已悦豫，幽居犹郁陶。梦寐伫归舟，释我吝与劳。[①]

谢惠连、谢灵运描写西陵的两组诗歌，“作为早期山水诗的佳作，对于唐人游览唐诗之路时描绘浙东山水，具有很大的影响”[②]。此外，谢惠连、谢灵运的诗歌突破了苏彦《西陵观涛诗》之较为单纯的写景视角，融和了山水描绘、惜别之情以及人世感慨等，从而扩大了西陵题材在诗歌中的表现形式，丰富了其内容，对唐宋时期西陵的诗词书写具有开创意义。

及至唐代，宇内一统，经济繁荣，全国性的客商流动、文人漫游、仕宦迁谪越发兴起，南北往来更加频繁。往来浙东越地，大多要经过西陵渡口，西陵也成为浙东唐诗之路的重要起点。1990年，新昌文化学者竺岳兵先生首次提出“浙东唐诗之路”之说；1993 年，经过中国唐代文学学会论证，确定“浙东唐诗之路”为中国文学上的专有名词。浙东唐诗之路的自然路线始于西兴渡口，经萧山到鉴湖，沿浙东运河至曹娥江，向南溯剡溪经嵊州、新昌、天台、临海，东向余姚、宁波、舟山，西南通向金华、诸暨。这段路程，山水奇绝，有镜湖、龟山、兰亭、会稽山、若耶溪、曹娥江、小舜江、剡溪、金庭山、天姥山等极具代表性的越地景观。这些景观曾令往来其间的唐代文人诗兴大发，创作了大量的山水

① 逯钦立：《先秦汉魏晋南北朝诗·宋诗》卷三，中华书局，1983 年，第 1175 页。

② 胡可先：《西陵·渔浦：浙东唐诗之路的起点》，载《浙江社会科学》，2022 年第 6 期，第 135 页。

佳篇，足见浙东唐诗之路也是一条人文之路。诸多唐代诗人曾漫游、仕宦于此，其中李白、杜甫、白居易、孟浩然、刘禹锡、贾岛等400余位诗人在走过这条道路时还留下了动人的诗篇。西陵作为浙东运河诗路的起点和浙东唐诗之路的起点，对唐代山水诗歌的兴盛无疑具有重要意义[①]。

东晋之后，风景游赏常常反映在诗文中，到了唐代，士人们不再满足于景观游赏，而是形成了普遍的山水漫游风尚。唐代士人在入仕之前多有漫游经历。他们中的许多人从青年时代起就遍历名山大川，足迹遍布壮丽秦中、三湘风景、巴蜀风光、岭南风物……广袤开阔的疆域、各具特色的风光激发了他们的无限诗情，秀美的吴越、繁荣的江南更成为其诗文中乐于表现的对象。唐人游历吴越，大多选择乘船走水路，恰如李白在《别储邕之剡中》所写之“舟从广陵去，水入会稽长”[②]，他便是从扬州经江南运河南下，渡钱塘江，经浙东运河，从西陵而入浙东的。

作为唐代诗坛的双子星，李白、杜甫都曾漫游吴越。李白那首著名的《梦游天姥吟留别》之记梦诗描写的便是浙东胜景天姥山；此外，李白还写有《送王屋山人魏万还王屋》一诗，记载了其友人魏万东浮汴河水追访李白，数千里不遇，而后乘兴游览吴越的经历。该诗完整地记述了浙东的山水形胜，涉及樟亭、海门、若耶溪、镜湖、剡溪、天台等地。在《送友人寻越中山水》诗中，李白写道：“闻道稽山去，偏宜谢客才。千岩泉洒落，万壑树萦回。东海横秦望，西陵绕越台。湖清霜镜晓，涛白雪山来。八月枚乘笔，三吴张翰杯。此中多逸兴，早晚向天台。”[③]由此诗可知，当时唐人到越中漫游，大多要经过西陵渡口。

杜甫也曾漫游吴越。大约在开元十九年（731）到开元二十二年（734）间，杜甫南下浙东，此时他的叔父杜登在湖州武康担任县尉，杜

---

① 关于西陵与唐代诗人的诗歌创作，胡可先在《西陵·渔浦：浙东唐诗之路的起点》一文中已有详尽论述和精当总结。

② 彭定求等：《全唐诗》卷一七四，中华书局，1960年，第1783页。

③ 彭定求等：《全唐诗》卷一七五，中华书局，1960年，第1790页。

甫先在湖州停留，继而到达杭州，过钱塘江，经西陵，欲往浙东。在此期间，杜甫曾登临西陵驿楼，如杜诗《解闷十二首》其二曾载："商胡离别下扬州，忆上西陵故驿楼。为问淮南米贵贱，老夫乘兴欲东流。"①这次浙东漫游，杜甫还留下了著名的《壮游》一诗，诗中亦热情地描写了清秀俊逸的越中山水，正所谓"越女天下白，鉴湖五月凉。剡溪蕴秀异，欲罢不能忘。归帆拂天姥，中岁贡旧乡"②。

此外，盛唐诗人薛据的《西陵口观海》一诗亦颇值得注意。薛据曾任山阴尉，这首诗书写了他在西陵渡口看到的盛景，是唐诗中集中描写西陵风光的佳篇：

长江漫汤汤，近海势弥广。在昔胚浑凝，融为百川泱。
地形失端倪，天色潸滉漾。东南际万里，极目远无象。
山影乍浮沉，潮波忽来往。孤帆或不见，棹歌犹想像。
日暮长风起，客心空振荡。浦口霞未收，潭心月初上。
林屿几邅回，亭皋时偃仰。岁晏访蓬瀛，真游非外奖。③

该诗描绘了西陵渡口江水浩浩汤汤、江潮连海的无限宽广浩瀚之势。钱塘江潮澎湃汹涌，山影在巨浪里沉浮，片帆在大潮中显现。落日之下，长风骤起，面对西陵渡口的江潮，诗人感到大自然的强大力量，心中震荡不已。

中唐时期，在吟咏西陵的诗人中，元稹与白居易尤其值得关注。元稹、白居易是中唐时期著名的诗人，世称"元白"，二人声气相通，共同倡导新乐府运动，所作诗歌当时号为"元和体"，风行一时，效者颇多。元白二人兼有同学、同僚之意，相交终身，情谊深厚。长庆三年（823），元稹调任浙东观察使兼越州刺史，在越六年之久，是来往西陵、吟咏西

① 彭定求等：《全唐诗》卷二三〇，中华书局，1960 年，第 2517 页。
② 彭定求等：《全唐诗》卷二二二，中华书局，1960 年，第 2358 页。
③ 彭定求等：《全唐诗》卷二五三，中华书局，1960 年，第 2853 页。

陵的代表人物。元稹授越州刺史兼浙东观察使时，白居易恰任杭州刺史，故而长庆三年元稹赴任途经杭州时，特意前去拜访好友，二人在此唱和颇多。元稹与白居易分别后，从杭州前往越州时，在西陵渡口写作《别后西陵晚眺》一诗："晚日未抛诗笔砚，夕阳空望郡楼台。与君后会知何日，不似潮头暮却回。"①元稹还以竹筒贮诗，将其递送至杭州，交给白居易。西陵作为重要津渡，是迎来送往之所，故而诗歌中常常赋予西陵以"相送的情意、惜别的留恋"等情感色彩。与此前诗歌中钱塘江潮汹涌澎湃的景象不同，元稹在诗中用的是潮汐有信的特点，借此抒发了对于友人的不舍与再度相见的企盼。白居易收到诗后，作《答微之泊西陵驿见寄》："烟波尽处一点白，应是西陵古驿台。知在台边望不见，暮潮空送渡船回。"②可以说，西陵渡口见证了知己挚友间深厚的情意，元白之间的"竹筒递诗"也传为千古佳话。

中唐时期，吟咏西陵的诗人还有"大历十才子"中的李嘉佑、皇甫冉，诗僧灵一、皎然，以及刘长卿、张籍、朱长文等。其中，灵一是中唐时期西陵相关诗作中的焦点人物：皇甫冉的《西陵寄灵一上人》和《赋得越山三韵》、刘长卿的《西陵寄一上人》、张南史的《西陵怀灵一上人兼寄朱放》等都与之相关。因为赠答者灵一的诗僧身份，这些诗歌在描绘西陵风光时，也带有了一种闲逸清新的审美格调，如灵一《酬皇甫冉西陵见寄》中云："西陵潮信满，岛屿没中流。越客依风水，相思南渡头。寒光生极浦，落日映沧洲。何事扬帆去，空惊海上鸥。"③皇甫冉在《西陵寄灵一上人》中写道："汀洲寒事早，鱼鸟兴情新。"④他还在《赋得越山三韵》中写道："独鸟连天去，孤云伴客还。"⑤张南史则在《西陵怀灵一上人兼寄朱放》中云："山晚云藏雪，汀寒月照霜。由

① 彭定求等：《全唐诗》卷四一七，中华书局，1960 年，第 4598 页。
② 彭定求等：《全唐诗》卷四六六，中华书局，1960 年，第 4999 页。
③ 彭定求等：《全唐诗》卷二九〇，中华书局，1960 年，第 9123 页。
④ 彭定求等：《全唐诗》卷二四九，中华书局，1960 年，第 2794 页。
⑤ 彭定求等：《全唐诗》卷二五〇，中华书局，1960 年，第 2819 页。

来濯缨处，渔父爱沧浪。”[①]这些诗歌皆在西陵渡口与钱塘江潮的摹写定式之外独辟蹊径。当然，汹涌江潮与西陵的组合，仍然是各路诗人所热衷的表现内容，如张籍《送李评事游越》中云：“未习风尘事，初为吴越游。露沾湖草晚，日照海山秋。梅市门何处，兰亭水尚流。西陵待潮处，知汝不胜愁。”[②]

晚唐时期，在与西陵相关的诗作中有两个方面颇值得关注。

一是西陵作为渡口，其离别的象征意义得到了更多的挖掘，人们在赠别诗中常常提及西陵，如方干在《送吴彦融赴举》诗中云：“西陵柳路摇鞭尽，北固潮程挂席飞。”[③]方干，睦州青溪人（今浙江淳安），晚唐著名诗人，他游历浙江，多有题咏，并曾于大中年间流寓会稽鉴湖。方干长期在浙东一带生活、游历、交往，故而在与友人的送别之作中频繁出现西陵。除上诗外，方干还有《送钱特卿赴职天台》一诗，诗中有云：“雾昏不见西陵岸，风急先闻瀑布声。”[④]他又在《贻高说》中写道：“西陵晓月中秋色，北固军鼙半夜声。”[⑤]方干还在《送王霖赴举》诗中抒发道：“北阙上书冲雪早，西陵中酒趁潮迟。”[⑥]此外，储嗣宗《送顾陶校书归钱塘》一诗中的“水色西陵渡，松声伍相祠”[⑦]，张乔《越中赠别》中的“别离吟断西陵渡，杨柳秋风两岸蝉”[⑧]等，也以西陵渡口为景书写离别。

二是除方干等人的诗作外，晚唐时期还涌现出了多篇浙籍诗人描绘西陵风景的佳作。吴融，越州山阴（今浙江绍兴）人，致仕归越，曾多次到过西陵，作有《西陵夜居》一诗。诗人于深秋夜宿西陵，诗中描绘了西陵独特的水驿夜景：寒潮远汀，宿鸟流萤，孤灯漏永。其诗有云：“寒潮落远汀，暝色入柴扃。漏永沉沉静，灯孤的的清。林风移宿鸟，

---

① 彭定求等：《全唐诗》卷二九六，中华书局，1960 年，第 3358 页。
② 彭定求等：《全唐诗》卷三八四，中华书局，1960 年，第 4315 页。
③ 彭定求等：《全唐诗》卷六五一，中华书局，1960 年，第 7475 页。
④ 彭定求等：《全唐诗》卷六五二，中华书局，1960 年，第 7493 页。
⑤ 彭定求等：《全唐诗》卷六五〇，中华书局，1960 年，第 7463 页。
⑥ 彭定求等：《全唐诗》卷六五一，中华书局，1960 年，第 7473 页。
⑦ 彭定求等：《全唐诗》卷五九四，中华书局，1960 年，第 6888 页。
⑧ 彭定求等：《全唐诗》卷六三九，中华书局，1960 年，第 7326 页。

池雨定流萤。尽夜成愁绝，啼蛩莫近庭。”[①]在《西陵夜居》中，漂泊的孤寂落寞为这水边渡口平添了清冷与忧愁，营造了喧嚣澎湃之外静谧的西陵意境。罗隐，新城（今浙江富阳市新登镇）人，他的《钱塘江潮》是吟咏钱塘江的名篇，描写了西陵潮水的波澜壮阔，声势浩荡。其诗有云：“怒声汹汹势悠悠，罗刹江边地欲浮。漫道往来存大信，也知反覆向平流。任抛巨浸疑无底，猛过西陵只有头。至竟朝昏谁主掌，好骑赪鲤问阳侯。”[②]

总的来说，隋唐时期，浙东运河历经了开凿、发展、完善、繁盛之过程，交通运输、水利建设、文化旅游也相应成体系地发展起来，从而带动了唐代诗人从西陵渡江，经萧山、会稽，沿曹娥江入剡溪，再登天姥山与天台山的诗歌之旅。因为唐代浙东运河的繁盛，加以渔浦渡口（渔浦是钱塘江与浦阳江、富春江三江汇合之处）的变化，诗人们在浙东之行中取道西陵就较取道渔浦者为更多[③]。因而有唐一代，西陵在诗歌中得到了丰富的表现，涉及风景书写、赠别酬答等题材，其中对西陵渡口之风光描绘与钱塘江潮之着意刻画，更是唐代山水诗歌发展中的重要组成部分。进入宋代，伴随运河的发展，西陵渡口在诗词中的书写又呈现出新的时代特色，以下将详述之。

二、北宋诗人与西兴

五代时期，西陵不仅是两浙的重要津渡，而且是重要的军事要塞。据《宝庆会稽续志》记载，吴越王钱镠以西陵非吉语，遂改曰西兴，宋代延续了西兴之称。但值得注意的是，官方称谓和民间习惯、文学表达等并非完全同步，常常存在因滞后延宕而混杂难清的状况。两宋时期，西兴渡口在诗词中既有以“西兴”的时称出现，也有不少词作中仍喜沿用宋前

① 彭定求等：《全唐诗》卷六八四，中华书局，1960 年，第 7856 页。

② 彭定求等：《全唐诗》卷六五八，中华书局，1960 年，第 7556 页。

③ 胡可先：《西陵 · 渔浦：浙东唐诗之路的起点》，载《浙江社会科学》，2022 年第 6 期，第 142 页。

的“西陵”之称。例如，北宋杨亿《杭州严从事（已）》云：“柳岸兰桡片席飞，秋风泽国季鹰归。幕中莲渚红衣脱，江外蓴羹紫线肥。十部须知从事贵，双鱼莫遣尺书稀。西陵正接家山路，试为因人问钓矶。”[①]又如，家居山阴的陆游常常往来西兴，在他的诗中也是“西陵”“西兴”杂用，并不加以区分，其《郊行》诗作有云，“斜日半竿羌笛怨，西陵寂寞又潮生”[②]；又有《夜归》诗云，“晡时捩柂离西兴，钱清夜渡见月升”[③]。可见，西陵渡口虽在五代时即已由官方改名为西兴，但民间仍以“西兴”“西陵”杂称之。

宋朝结束五代纷争，统一宇内，与此前汉唐定都关中不同，宋代选择了漠漠平原的开封作为都城。在这之中，除彼时长安、洛阳历经朝代更迭、战乱倾覆、城市凋敝、不复繁华等原因之外，还有一个重要原因便是看重了开封的水陆之便，可通过漕运维持都城的繁华与边境的补给。据《续资治通鉴长编》载，太祖赵匡胤曾有迁都计划，欲凭河山天堑之险，稳固国本，撤除冗兵，解放民生。然而，这项提议遭到了以赵光义为首的许多方面的反对，反对的重要理由之一即开封乃全国水陆交通枢纽，利于集结全国物资以供养京师士庶和百万之兵。

汴京四周的漕运有四路，其中最重要、最繁华的便是东南走向的汴河，其由开封至泗州，延长江东下，至楚州转正南，连接江南运河段，直抵钱塘，再经浙东运河，深入东南膏腴之地。唐朝安史之乱后，全国经济重心南移，加之五代时期对江南的重点开发，江浙一带日渐富庶，并成为宋代经济的重要倚重。作为连接运河南端杭州与浙东地区的重要渡口，作为浙东运河的起点，西兴在北宋的地位仍然重要，也是文人墨客、仕宦商旅经由的重要之地。元祐六年（1091）苏轼知杭州时，曾上书乞开石门河，其曰：“自温、台、明、越往来者，皆由西兴径渡，不涉浮山之险。”[④]此言道出了西兴渡口沟通两浙的枢纽功用。待到北宋灭亡，

---

① 傅璇琮等：《全宋诗》卷一一八，北京大学出版社，1998年，第1368页。

② 傅璇琮等：《全宋诗》卷二二三六，北京大学出版社，1998年，第25696页。

③ 傅璇琮等：《全宋诗》卷二一七〇，北京大学出版社，1998年，第24635页。

④ 曾枣庄、刘琳：《全宋文》卷一八七七，上海辞书出版社、安徽教育出版社，2006年，第58页。

南宋定都临安（今浙江杭州）后，浙东运河得到了进一步的开发利用，更是呈现出一片繁忙的景象。

（一）北宋前期的西陵渡口

北宋前期，林逋、钱易、梅尧臣、王禹偁、赵抃、李中师、王安石、王安国等人的作品中皆提到过西兴。这时的西陵虽已更名作西兴，但在许多诗词表述中仍以西陵为主，仅王禹偁《送李中舍罢萧山赴阙》、王安石《送张宣义之官越幕二首》（其一）、王安石《次韵平甫金山会宿寄亲友》等三首诗作中采用了时名“西兴”。此外，这一时期涉及西兴的作品，题材上以送行赠别诗为主，兼及描写山水形胜。

北宋诗人林逋，杭州钱塘人，早岁游江淮间，后归隐杭州，居西湖孤山二十年，种梅养鹤，终身不娶，是宋代著名的隐士。林逋的诗歌以吟咏湖山胜景、书写隐居生活为主，诗风清寂超然。林逋与越僧灵皎相熟，有赠酬诗作四篇。灵皎自信州（今江西上饶）归越时，林逋曾寄诗招之，其诗《闻灵皎师自信州归越以诗招之》曰：“我亦孤山有泉石，肯来松下共忘机。”①后送之归越，又有《送皎师归越》诗云：“林间久离索，忽忽望西陵。静户初闻扣，归舟又说登。野烟含树色，春浪叠沙稜。幸谢云门路，同寻苦未能。”②由此诗可知，此次灵皎归越时途经西陵渡口。该诗中之颈联“野烟含树色，春浪叠沙稜”，道出了西陵烟雾迷蒙、春浪粼粼的迷人景致，写景精致，意境悠然。

钱易，钱塘人，写有《梦越州小江》诗，其在诗中自注此江在城西三十里，应与西陵相通，勾连越州与钱塘。诗中将此间风景描述为“湿沙平朔天，宿鸟踏古篆。巨潮淹积石，瘦白涩无藓。橹响期西陵，苍岑屏曲展”③，生动展现了西陵道中的奇绝山水。

---

① 傅璇琮等：《全宋诗》卷一〇七，北京大学出版社，1998年，第1229页。
② 傅璇琮等：《全宋诗》卷一〇五，北京大学出版社，1998年，第1199页。
③ 傅璇琮等：《全宋诗》卷一〇四，北京大学出版社，1998年，第1184页。

今日西兴古镇（池方越　摄）

被誉为宋诗“开山之祖”的梅尧臣，曾在其诗《余令之会稽新昌》中再现了送余杭县令（余令）渡过西陵往会稽新昌奉亲的情形，通过余令隆冬渡江涉险仍无所畏惧、心怀喜悦之举，烘托了其至纯至孝的优秀品质。其中，该诗前两联生动描绘了西陵渡口的冬日风物，在有关西陵的作品中颇为独特，诗云：“越舸将渡西陵时，腊雪欲作阴云垂。古岸潮回夜冰阁，冰上鲤鱼红尾鬐。”①

王禹偁是宋初著名的白体诗人，“放达有唐唯白傅，纵横吾宋是黄州”是其名句。王禹偁在《送李中舍罢萧山赴阙》一诗中，描述了送友人李中舍离开萧山赴汴京任职时的情形，其诗云：“吏隐江东五六年，归时犹恋好山川。野僧送别携诗句，瘦马临歧当酒钱。吴苑醉逢梅弄雪，隋堤吟见柳垂烟。自言更共秋涛约，未舍西兴一钓船。”②诗中表达了对友人的惜别之意，写诗相送，临歧饮别。末句以“西兴钓船”，一则点明西兴乃送行之地，二则表达了友人的心中志趣——心念江湖山川而非着意仕途。于是，西兴在诗中又具有了与庙堂相对的江湖之远的隐逸内涵。

① 傅璇琮等：《全宋诗》卷二四四，北京大学出版社，1998 年，第 2825 页。
② 傅璇琮等：《全宋诗》卷六三，北京大学出版社，1998 年，第 697 页。

在北宋前期的吟咏西陵者中，赵抃值得重点探讨。赵抃，宋衢州人，熙宁年间曾知杭州、越州，对此间风物熟稔，其诗作中有四首笔涉西陵。其诗《有怀前人》云："稽岭楼台真旷绝，武林风物竞豪华。两川对望音题数，一水中分会晤差。东海渺茫排岛屿，西陵依约露人家。元和赓唱今犹古，此乐情怀岂有涯。"[①]在该诗中，赵抃以超旷的视角俯察杭越形胜，以越地山色对武林豪奢，展现了钱塘江奔涌入海，海水渺茫遥望无际的景象，以及钱塘江畔西陵渡口之商贾往来、人烟繁华。该诗末句用了元稹、白居易在西陵的竹筒递诗之典，以古喻今，表达了与友人的深厚情谊。其诗《次韵即事见怀》云："鉴水宽闲称越国，河塘繁剧是杭州。蓬山君继元丞相，竹马予惭郭细侯。郡邑丰穰真可喜，人家饱煖更何忧。西陵隔岸无多远，数上临江百尺楼。"[②]此诗与《有怀前人》构架相似，皆以杭越对举（西陵则是杭越的分界），诗人与友人隔江而望，江楼数上，表达了对友人的思念之情。此外，赵抃还有《次韵程给事会稽怀古即事》之五言排律，诗中以"盘屈稽山势，嵯峨玉笥巅"山色起步，以"东浙潮声近，西陵草色鲜"[③]江涛承接，用清丽的笔触依次详细书写了越中秀美的自然风物。可见，西陵在古人眼中，便是将要入越的典型物色。赵抃又有《送程给事过越不及口占以寄》一诗，其诗云："立马江头一黯销，晓光浮动十分潮。西陵送目仙舟去，铙鼓旌麾迤逦遥。"[④]诗中描绘的是：诗人赶去江边送行程给事，但斯人已去，诗人只得伫立西陵渡口，目送友人。正因为古人或为官或作商，沿运河水路往返杭越两地时多经西陵，故西陵在诗中的地标意义显著，成为送别赠答诗中的常见意象。

王安石在《送张宣义之官越幕》（其一）中，再现了送别张宣义往会稽幕中任职的情形，诗中赞美越中风土，鼓励友人宦游。该诗末句之"唯有西兴渡，灵胥或怒张"[⑤]，既是送行实景的写照，或也寄寓了友人心

---

① 傅璇琮等：《全宋诗》卷三四二，北京大学出版社，1998年，第4194页。
② 傅璇琮等：《全宋诗》卷三四二，北京大学出版社，1998年，第4194页。
③ 傅璇琮等：《全宋诗》卷三四一，北京大学出版社，1998年，第4158页。
④ 傅璇琮等：《全宋诗》卷三四三，北京大学出版社，1998年，第4227页。
⑤ 傅璇琮等：《全宋诗》卷五五一，北京大学出版社，1998年，第6578页。

中的不平，期待友人才华得以于他日伸张。庆历七年（1047），王安石调知鄞县（今宁波鄞州区）；后于皇祐三年（1051）改任舒州通判，他赴任时曾经过越州、杭州等地并停留小驻，留下《登越州城楼》《登飞来峰》《杭州望湖楼回马上作呈玉汝乐道》等诗篇。这段旅程，当沿浙东运河行走，并途经西兴，故王安石虽未在杭越任官，却对西兴风景并不陌生。例如，他在写给亲友的诗作《次韵平甫金山会宿寄亲友》中描绘了金山寺夜景，该诗首联之“天末海门横北固，烟中沙岸似西兴”[①]，写出了北固山有如大海门户横亘天边之雄放气势，又将江岸沙滩烟雾迷蒙的景象比作吴越之地的古战场——西兴。在这首诗中，诗人的着眼点不再是传统的西兴淘浪、西兴送别，而是将西兴的战略军事意义以及历史的厚重感凸显出来，开篇振起，境界阔大。

（二）北宋中后期的西兴江潮

北宋中后期，“西兴”“西陵”之说虽仍杂用之，但西兴之时名在文人间的使用日益频繁。相比北宋前期西陵所凝聚的送别赠行之意，这一时期诗人们对西兴的书写已日渐回归其自然景色，且多聚焦于西兴江潮的奔涌澎湃。此期笔下涉及西兴的最著名的诗人，首推苏轼。

苍鹭弄江潮（周宏宾　摄）

① 傅璇琮等：《全宋诗》卷五五九，北京大学出版社，1998 年，第 6649 页。

苏轼在《次韵秦少章和钱蒙仲》一诗中延续了王安石的诗思，诗云："碧畦黄陇稻如京，岁美人和易得情。鉴里移舟天外思，地中鸣角古来声。山围故国城空在，潮打西陵意未平。二子有如双白鹭，隔江相照雪衣明。"①苏轼在此诗中将"山围故国"与"潮打西陵"对举，在现实景观外也赋予其浓厚的历史悬想。西陵在苏轼笔下，更多唤作西兴。《望海楼晚景五绝》是苏轼创作的一组七言绝句，望海楼又名望潮楼，在杭州凤凰山上。熙宁五年（1072），苏轼在杭州担任监试，闲暇之余，于望海楼游赏，写下这组诗篇。苏轼在《与范梦得》中记载了这段经历："某旬日来，被差本州监试，得闲二十余日。日在中和堂、望海楼闲坐，渐觉快适。有诗数首寄去，以发一笑。"②《望海楼晚景五绝》共含诗歌五首，分咏江潮、雨电、秋风、雅客、江景，各具情韵。其中第三篇涉及西兴，诗云："青山断处塔层层，隔岸人家唤欲应。江上秋风晚来急，为传钟鼓到西兴。"③涉及西兴的另外两篇苏轼作品是《瑞鹧鸪·观潮》和《八声甘州·寄参寥子》这两首词作，皆为苏词中的名篇。

其中，《瑞鹧鸪·观潮》云：

碧山影里小红旗，侬是江南踏浪儿。拍手欲嘲山简醉，齐声争唱浪婆词。

西兴渡口帆初落，渔浦山头日未欹。侬欲送潮歌底曲，尊前还唱使君诗。

王文浩曾在《苏文忠公诗编注集成总案》中提到，熙宁六年（1073）癸丑，"八月十五日观潮，题诗安济亭上，复作《瑞鹧鸪》词"。又按云：

---

① 傅璇琮等：《全宋诗》卷八一四，北京大学出版社，1998 年，第 9417 页。

② 曾枣庄、刘琳：《全宋文》卷一九一一，上海辞书出版社、安徽教育出版社，2006 年，第 235 页。

③ 傅璇琮等：《全宋诗》卷七九一，北京大学出版社，1998 年，第 9159 页。

"是日似与陈襄同游，故落句及之耳。"[①]据此可知《瑞鹧鸪·观潮》这首词作于熙宁六年八月，彼时苏轼正在杭州通判任上，与杭州太守陈襄同游观潮。钱塘江大潮自古以来便是胜景，以澎湃雄奇而著称。作者在词中并没有正面描写大潮，而是摄取江中的弄潮儿，由此写出了宋人弄潮、观潮的热闹场面。词中，"西兴渡口帆初落，渔浦山头日未欹"一句，将钱塘江畔两个重要的渡口西兴、渔浦对举，形成互文，通过落帆、斜日，点出江潮渐息的意味，进而通过弄潮儿唱《送潮曲》收束全词。这首词与一般描写江潮的山水景观词不同，更主要的是记录了杭人观潮弄潮的风俗，词情欢腾热闹，语言活泼亲切。由此，西兴渡口也在山水形胜、赠别酬答、怀古之思外，平添了一层社会民俗的色彩。

苏轼一生仕途偃蹇，他曾两次出官于杭州。第一次是在宋神宗熙宁四年（1071），当时神宗任用王安石实行新法，苏轼因与王安石政见不合，便于熙宁四年外出通判杭州，《瑞鹧鸪·观潮》即作于此期。第二次是在宋哲宗元祐四年（1089），此期旧党执政，苏轼因其论事忠直，与旧党亦不能尽合，加之朝廷更有洛党、蜀党、朔党之争，其遂又外出知杭州。两年后，苏轼以翰林学士承旨，被召还朝。《八声甘州·寄参寥子》便作于元祐六年（1091）苏轼被召还朝之时。参寥是僧道潜的字，其以精深的道义和清新的文笔为苏轼所推崇，是苏轼平生交谊甚深、过从甚密的方外友人。苏轼贬谪黄州时，参寥不远千里赶去，追随他数年。

《八声甘州·寄参寥子》云：

有情风、万里卷潮来，无情送潮归。问钱塘江上，西兴浦口，几度斜晖。不用思量今古，俯仰昔人非。谁似东坡老，白首忘机。

记取西湖西畔，正暮山好处，空翠烟霏。算诗人相得，如我与君稀。约他年、东还海道，愿谢公、雅志莫相违。西州路，不应回首，为我沾衣。[②]

---

① 邹同庆、王宗堂：《苏轼词编年校注》，中华书局，2002年，第37—38页。
② 邹同庆、王宗堂：《苏轼词编年校注》，中华书局，2002年，第668页。

此词上片写钱塘江景，写人世沧桑；下片写西湖湖景，写美景之中，与友人同游的种种情事。词作开端，“有情风、万里卷潮来，无情送潮归”，写钱塘江之万里风涛，气象开阔，有登高望远、超然物外之感。“有情”与“无情”、“潮来”与“潮归”，又隐含着无限苍凉之意，隐喻着人世间盛衰离合的无常悲慨。“问钱塘江上，西兴浦口，几度斜晖”，在江景之中，苏轼特意选取了官员宦游途经的西兴渡口，发出“几度斜晖”之问。“几度”将苏轼两度出杭的政海波澜、人世沧桑纳入其中。这些人世感慨，全从大自然中的“风”“潮”“江”“浦”“斜晖”之种种物象着笔，沉郁顿挫，感慨遥深，可谓天风海涛之曲，幽咽怨断之音。词中的西兴，在其物理意义上迎来送往的渡口之外，也被寄寓了人世沉浮的象外之意。

北宋中后期，写下涉及西陵（西兴）诗作的诗人还有许安世、孔平仲、晁补之、晁说之、秦观、龚程、黄裳、米芾、陈师道、释道潜、释德洪、陈应祥等。

孔平仲，英宗治平二年（1065）进士，与其兄孔文仲、孔武仲以文声起江西，时号“三孔”。孔平仲有诗《和常父初五日渡江》，常父为平仲兄武仲之字，作者在该诗中描写了受霖雨影响，滞留西陵所看到的风貌。诗云：

半旬滞西陵，霖雨注船屋。昨日风更豪，江边拔长木。
初宵尚哮吼，海水皆倒蹙。向晚稍萧条，飞廉想遭戮。
重云扫阴晦，皎皎见星宿。大哉天地内，变化反手速。
我行不惮早，畏此潮信足。刀鱼颇轻捷，舟子短结束。
十夫共一橹，喜噪比趋陆。船头列火炬，幕下烧绛烛。
蛟龙睡方醒，水陆骇窜伏。吟哦未及终，已在吴堤曲。
青山绕逶迤，楼阁媚初旭。钱塘虽旧游，梦想尝在目。
便当跨月轮，俯耳听清瀑。重阳复不远，共采岩前菊。①

① 傅璇琮等：《全宋诗》卷九二四，北京大学出版社，1998 年，第 10827 页。

诗人因连绵大雨滞留西陵半月，写下此诗的前一日更是风雨咆哮、树木倾倒，海水倒灌，一片狂野狼藉景象。及至傍晚，风雨消歇，重云渐开，经过大雨洗礼后的星空皎洁明亮。天地变化一何迅速，令人惊叹。船夫在夜幕下点燃火炬，吟哦渡江。渡江后的诗人，来到了青山逶迤、清瀑响亮的钱塘旧地。畅想待到重阳日时，和兄长共登月轮山，共采岩前菊。这首诗用详尽的笔触，描写了风雨交加、雨后初晴、夜间渡江等种种情状，笔调流畅，语言或恣意或清丽，在描写西陵风景的诗作中，独具特色。孔平仲还有一首五律——《西兴·舟行颇濡滞》，特以西兴为描写对象，记录的同样是狂风骤雨之时舟滞西兴的情景，该诗云："舟行颇濡滞，累日驿前溪。大雨翻盆盎，狂风作鼓鼙。两潮空朝晚，一水限东西。忆昔游湖棹，新晴傍会稽。"[①]

此外，龚程《题壁绝句》、许安世《和蓬莱阁赏雪赋诗》、米芾《萧堂书壁》、秦观《次韵公辟会蓬莱阁》、黄裳《西兴山院》、陈师道《月下观潮》（六首）等诗作，亦皆笔涉西兴，西兴在这些诗中的形象则多与潮水相关。其中，龚程的《题壁绝句》记录于宋人龚明之所撰《中吴纪闻》卷三，"叔祖讳程，字信民。刚正自守，不惑于祸福。尝愤圣道不明，欲排异端之学，家不置释老像，祭祀未尝焚纸钱，儒家甚宗之。自幼读书于南峰山先都官墓庐，攻苦食淡，手未尝释卷。记问精确，经传子史，无不通贯，乡人号为'有脚书厨'。尝题一绝于壁间，云：'月度疏棂起更慵，坐听澄照五更钟。却思潮上西兴急，风绕山前万个松。'登熙宁六年进士第，历西安丞、桐庐令。子况，既登郎省，赠左朝议大夫"[②]。该诗写的是天将亮时之钟声、潮声与风声，颇有逸兴。

米芾的《萧堂书壁》也是一首题壁绝句。米芾能诗文、擅书画，其书法与蔡襄、苏轼、黄庭坚合称"宋四家"。这天，诗人登上钱塘江畔毗邻西兴之高耸楼台，望月观潮，诗兴飞扬，于是挥毫书壁。《萧堂书壁》诗云："插云台榭压西兴，笑语风生溽暑清。谁为决云开皓月，练翻雪卷

① 傅璇琮等：《全宋诗》卷九二七，北京大学出版社，1998年，第10902页。

② 龚明之（撰）、孙菊园（校点）：《中吴纪闻》，上海古籍出版社，2012年，第51–52页。

看潮生。”①此诗写得潇洒豪迈，诗人观景书壁的神采也令人怀想。

秦观的《次韵公辟会蓬莱阁》、许安世的《和蓬莱阁赏雪赋诗》则写二人登蓬莱阁所见，皆笔涉西兴。蓬莱阁，范仲淹《清白堂记》载会稽府卧龙山上有蓬莱阁。卧龙山，其山之南亘东西鉴湖，其山之北连属江与海。熙宁九年（1076），程师孟公辟出知越州，曾植千余株松树于卧龙山上。秦观《次韵公辟会蓬莱阁》诗云：“林声摵摵动秋风，共蹑丹梯上卧龙。路隔西陵三两水，门临南镇一千峰。湖吞碧落诗争发，塔涌青冥画几重。非是登高能赋客，可怜猿鹤自相容。”②此诗写出了登卧龙山远眺西陵时所见之开阔景色。许安世《和蓬莱阁赏雪赋诗》以五言排律铺陈南国雪景，其诗云：“瑶水三千里，昆仑九万层。槛前窥化国，波际失西陵。”③黄裳《西兴山院》写休憩于西兴山寺，眺望可见西兴潮涌，这便是到达湖山信美的东南第一州了，其诗云：“山寺闲来一饭休，风云相送有潮头。月明中看红莲市，已在东南第一州。”④

江西诗派代表人物陈师道《月下观潮》（其一），描绘了月色之下西兴潮涌的清绝风光：“隔江灯火见西兴，江水清平雾雨轻。风送潮来云四散，水光月色斗分明。”⑤诗人隔着江水，望见灯火繁华的西兴渡口，江水平缓雨雾轻濛。一阵风来，吹散江云，吹送潮水。月光之下，潮水涌动，月光映照潮水，潮水反射月华，分明耀眼，令人神往。

北宋中后期有一位方外诗人释惠洪，在他的诗歌中也频繁提到西兴。惠洪，一名德洪，在北宋僧人中诗名最盛，工书善画，尤擅绘梅竹，多与当时名士交游，并作有《石门文字禅》《天厨禁脔》《冷斋夜话》《林间录》《禅林僧宝传》等。惠洪有诗《福岩寺梦访廓然于龙山路中见之》云：

① 傅璇琮等：《全宋诗》卷一〇七五，北京大学出版社，1998 年，第 12254 页。
② 傅璇琮等：《全宋诗》卷一〇六四，北京大学出版社，1998 年，第 12131 页。
③ 傅璇琮等：《全宋诗》卷八七八，北京大学出版社，1998 年，第 10229 页。
④ 傅璇琮等：《全宋诗》卷九四五，北京大学出版社，1998 年，第 11090 页。
⑤ 傅璇琮等：《全宋诗》卷一一一五，北京大学出版社，1998 年，第 12663 页。

山高夜气催烦暑，竹风为作南轩雨。梦随柔橹到西兴，舣舟步入龙山坞。

萧萧松下逢睿郎，问信远来亦良苦。觉来但记谈笑欢，不省欢时竟何语。

卧看篝灯一点明，岭海茫茫隔吴楚。安得却如清梦中，杖履追随长尔汝。①

这是一首记梦诗。诗人夜宿福岩寺，偶得一梦，梦中寻访廓然。诗中“梦随柔橹到西兴，舣舟步入龙山坞”，讲的是诗人舟行至西兴，然后泊船步入龙山坞。诗人与友人于龙山路中相逢，谈笑甚欢。然而，待到梦醒时分，却发现不过是诗人自己独卧山寺，孤灯一点，与友人岭海相隔，只留清梦遥想，颇为惆怅。惠洪还有一诗曰《戏廓然》，诗中有云：“掉头掣肘去，不顾西兴浪。登舟翻然行，万众皆目断。平生勇于道，气韵真迈往。安肯逐儿辈，低首投世网。”②该诗虽实写友人自西兴登舟远去，但也用西兴狂浪寄寓友人廓然摈弃世俗、不畏艰险、勇于求道的超迈气韵。

惠洪二十九岁时游方东吴，多有诗作，其在《会福严慈觉大师》中自述生平道：“少年入三吴，题诗遍西兴。归来舟彭蠡，浪山雪崩腾。匡庐落笑中，万叠横空青。又尝游并汾，趼足渡河冰。冲虎上太行，鸡鸣见日升。”③作为三吴门户的西兴，在其往来游方的路途中颇具代表性。此期少年之游，题诗之兴，也让西兴一地在惠洪的生命旅程中具有了独特的意义。惠洪写有著名的潇湘八景组诗《宋迪作八境绝妙人谓之无声句演上人戏余曰道人能作有声画乎因为之各赋一首》，其一“平沙落雁”中有句：“西兴未归愁欲老，日暮无云天似扫”④，以西兴代称归处。

① 傅璇琮等：《全宋诗》卷一三二九，北京大学出版社，1998年，第15085页。
② 傅璇琮等：《全宋诗》卷一三三一，北京大学出版社，1998年，第15118页。
③ 傅璇琮等：《全宋诗》卷一三三二，北京大学出版社，1998年，第15137页。
④ 傅璇琮等：《全宋诗》卷一三四一，北京大学出版社，1998年，第15300页。

三、南宋诗人与西兴

公元1127年，北宋灭亡，宋、金以淮河为界，金国占据淮河以北的土地，南宋王朝则退守淮河以南的山河。随着南宋于临安定都，形成了以杭州为中心向外辐射的水陆交通，从镇江到杭州的江南运河依旧通航，浙东运河作为沟通南宋都城杭州与浙东地域的黄金水道，其重要性也与日俱增。运河作为南宋都城与全国各地连接的重要交通线，对南宋的立国和繁荣做出了重要贡献。

浙东运河西起钱塘江南岸的西兴，东南流经绍兴，跨曹娥江，东经上虞与姚江汇合，之后经余姚，由宁波甬江入海，与海上丝绸之路相连。这条运河沟通杭州与绍兴、明州及浙东诸地，并于南宋定都临安后更趋繁忙。《开庆四明续志》卷二《修砌西塘路》载："郡自望京门以西，繇慈溪接姚、虞，经稽、阴，趋钱塘，近数百里，行李舟车，鳞集辐辏。"[①]浙东的盐米、水果、花卉、药材、丝绸、瓷器、竹、木材等日食百货，从绍兴、明州、台州和温州沿河西行，转运至临安，南宋能偏安一隅，杭州能繁华富庶，多仰赖于此，正所谓"高宗南渡，虽失旧物之半，犹席东南地产之饶，足以裕国"[②]。此外，浙东运河还是都城临安与海外沟通的重要通道。宋时，因钱塘江潮水迅猛，大型商贸海船往往改行浙东运河，从福建、广州登陆的海船，也从明州港经过姚江到余姚县（今浙江余姚市）内，再换成小型湖船，通过浙东运河航道抵达绍兴、杭州。宋燕肃《海潮论》谓"海商舶船怖于上潬"，不由大江，"惟泛余杭小江，易舟而浮运河，达于杭越矣"[③]。经由浙东运河，南宋各地的商货丝绸、瓷器、腊茶、纺织品、书籍等源源不断销往海外，高丽、日本等的药材，南洋、中东等的货品也源源不断由外输入；政府从中抽取商税，以资国用，频繁的贸易交

---

① 吴潜（修），梅应发、刘锡（撰）：《开庆四明续志》，载《宋元方志丛刊》，中华书局，1990年，第六册，第5945页。

② 脱脱等：《宋史》卷一七三，中华书局，1977年，第4156页。

③ 曾枣庄、刘琳：《全宋文》卷一八八，上海辞书出版社、安徽教育出版社，2006年，第247页。

往也促进了浙东城镇的繁荣。

西兴永兴闸遗址[①]（池方越 摄）

南宋定都杭州，浙东运河航运繁忙，西兴作为浙东运河的起点，更加频繁地参与或闪现于南宋人的日常生活中，故其在诗歌中有了更广泛、更多元的表现，笔涉西兴的诗人群体也更为庞大。此期距离西陵改名西兴已何止百余年，诗歌中已以西兴之称为多见，但西陵之名仍有沿用。

如前所述，公元1127年，金人铁骑踏破汴都浮梦，战火绵延，宋室南渡。文人士大夫颠沛流离、心怀创痛，也给诗人笔下的西兴抹上了一层悲壮的色彩。刘子翚《醉歌赠金元白》写诗人南渡后的所见所感，表达了南渡士人共同的悲慨心境：

① 永兴闸位于西兴码头的西侧，是浙东运河西端重要的水利设施。宋施宿《嘉泰会稽志》记载，萧山县西 10 里 200 步有清水闸，县西 12 里有浑水闸，均为北宋景德年间所建，这是西兴建闸最早的记录。又《宋史·河渠志》记载，南宋乾道三年（1167）疏浚西兴至大江沙河 20 里，并浚闸里运河 30 里，通便纲运。后闸遭废弃。南宋嘉定十七年（1224）绍兴知府汪纲主管浙东安抚司公事，兴修水利，重建西兴堰闸，使淤泥不能入，水路舟行，可畅通无阻。汪纲重建的西兴堰闸，便是永兴闸的前身。明万历十五年（1587），萧山县令刘会利用修塘余款改堰为闸，以泄诸乡之水。永兴闸后因西兴运河远离钱塘江而失去其原有功能，现已失去水闸功能。西兴闸长约 3 米，宽约 2 米，现两侧条石垒的闸台，石质闸槽保存完整。

南游会稽今十年，重来风物皆依然。一时冠盖零落尽，故人独老空江边。

西陵仓曹实冗散，出无车马众所怜。江亭曳履偶识面，凛凛瘦骨余双颧。

谈兵自是一敌国，屡荐不用宁非天。胸中跧伏万貔虎，静若女子容娟娟。

我家光禄新出塞，群彦入幕君宜先。自言衰发已种种，岂复有意仍腾骞。

强饭廉颇思故国，据鞍马援忘华颠。只今左臂虽小病，尚想揽辔能周旋。

兴来且酌杯中酒，边庭消息君知否。经天太一位临坎，干戈丧乱已经久。

南关兵败上将戮，太原城破群胡守。呜呼国步危若此，每惜壮士时难偶。

猝嗟未是真英雄，纶巾羽扇聊从容。何当矍铄渡河去，一洗塞北烟尘空。[①]

此诗笔涉西兴，描写了战时西兴的凋敝，也反映了南渡文人见到越中风物后的一种复杂心情。诗人青年时期曾南游会稽，如今再来，越中风物依然，然已物是人非，在时代的巨变中，一时冠盖零落殆尽。曾经繁华的江南渡口西陵，如今仓曹闲散，出无车马，报国无门，令人慨叹。

诗人吕本中之《重阳日西兴寄临安亲旧》有云："我来西兴口，君在龙山旁。如何阻一水，不共作重阳。别浦潮犹白，深秋菊未黄。遥知对杯酌，不记是他乡。"[②]诗人眼中的西兴渡口，此时已江潮相隔，南渡的诗人因一水相隔而未能与临安亲友相聚。在重阳佳节之际，这种零落自伤之情益剧，于是诗人只能遥相对酌，暂时忘却漂流之苦。

---

① 傅璇琮等：《全宋诗》卷一九一二，北京大学出版社，1998 年，第 21341 页。

② 傅璇琮等：《全宋诗》卷一六二〇，北京大学出版社，1998 年，第 18178 页。

同样作为南渡文人，周紫芝则在《次韵仲平十八日观潮》诗中描绘了钱江大潮，其诗雄放恣肆，酣畅淋漓。该诗笔涉西兴，诗中有“我亦苍颜阅九州，始问江神得奇玩。六年东望西兴云，岁月崩奔一飞箭”之句。这首诗的首两联很值得关注，其云“吴儿轻生命如线，赤脚翻身踏江练。南人惯看心不惊，北客平生眼希见”[①]，从中展示出南渡文人置身西兴观潮之南人习俗中时一种惊讶的外来视角。该诗集中咏潮，并未表现出浓烈的南渡之思，但当我们这些后人回看那段历史时，仍不免从诗中读出一种世事变幻，读出一种热闹之外的怅然。

此外，周紫芝的《冷泉亭放闸》、《夜闻潮》（其三）等诗也书写了西兴江潮。《冷泉亭放闸》云：“万里西兴浦口潮，浪花真似海门高。谁将一夜山中雨，唤作沧江八月涛。”[②]冷泉亭在杭州灵隐寺山门之左，山泉跳荡雷鸣，白居易、苏轼在杭州为官时皆爱来此游赏。冷泉亭开闸放水乃是一大胜景，周紫芝、杨万里、释广闻、陆垕、方回等皆有与之相关的诗作问世。周紫芝的《冷泉亭放闸》想象奇特，将山泉开闸与西兴江潮联系在一起：好像山中雨水奔泻而下，化作了西兴浦口的万里江潮。周紫芝《夜闻潮》（其二），写的是诗人家住八盘岭下，夜间卧听西兴潮的一番逸兴，诗云：“江隔西兴老翠鬟，转头即是海门山。八盘岭下移家住，安听潮声到梦间。”[③]诗中的“海门”是钱塘江的南大门，自春秋至明初钱塘江由此入海，正如《海潮论》所述：“夹岸有山，南曰龛，北曰赭，二山相对，谓之海门，夹岸势逼，涌而为涛耳。”[④]“海门山”即萧山的赭山和龛山。西兴渡口，海门潮生，自是宋人的观潮佳处。

随着南宋定都杭州，西兴作为杭州与浙东地区水路关联的重要津渡，更加频繁地迎来送往。曾几《还守台州次陆务观赠行韵》有云：“蝉噪高

---

① 傅璇琮等：《全宋诗》卷一五二二，北京大学出版社，1998 年，第 17315 页。

② 傅璇琮等：《全宋诗》卷一五二一，北京大学出版社，1998 年，第 17301 页。

③ 傅璇琮等：《全宋诗》卷一五二六，北京大学出版社，1998 年，第 17347 页。

④ 曾枣庄、刘琳：《全宋文》卷一八八，上海辞书出版社、安徽教育出版社，2006 年，第 247 页。

柳岸，鹭飞远沙汀……放缆西兴渡，落帆浙江亭。”[①]王铚《上巳日送韩简伯》写道：“渔艇我将还旧隐，僧窗谁与对清谈。落花风雨西陵渡，佳节可怜三月三。”[②]范成大《送王纯白郎中赴闽漕》诗云：“缓寻南粤千山路，先破西兴百尺涛。”[③]张镃《武子得监左帑归甬东待次》云：“帆向西兴人便远，再来华近莫相寻。”[④]韩淲《送仲至罢归》云：“西兴渡口斜晖里，尽好风帆桨棹飞。”[⑤]萧立之《送雪溪徐高士之越三首》（其一）云：“清吟未了又成行，是处青山入瘦藤。两袖晓风荷叶露，自摇明月渡西兴。”[⑥]林顺德《送水云归吴》云：“归舟夜泊西兴渡，坐看潮来又潮去。江草江花春复春，山青水绿原如故。”[⑦]陆文圭《送魏叔华归越》云：“春雨西兴渡，梅花古粤城。”[⑧]这些送行赠酬诗作，因涉及往还路线故而笔涉西兴。从诗题即可看出，时人前往越地、台州、宁波、闽中、吴中诸地时，皆取道西兴。这些诗作中的西兴，或笼罩着离别的不舍惆怅，或寄寓着送行的殷切激励，或洋溢着回归的闲逸温情。

南宋著名诗人陆游赴任、返乡、游赏时亦常常取道西兴，其作品中也有数首描写了西兴。例如，陆游的诗作《郊行》《西兴泊舟》《夜归》和词作《长相思》《柳梢青》等都记录了诗人经由西兴的所见所感。

陆游，字务观，越州山阴人，工诗、词、散文，亦长于史学，著作繁富，有《渭南文集》《剑南诗稿》《南唐书》《老学庵笔记》等。据载，宋高宗绍兴二十三年（1153），陆游获两浙转运司锁厅试第一，以秦桧、孙埙居其次。桧怒，至罪主司。次年礼部试，主司复置前列，然为桧黜落。桧死，二十八年（1158），陆游始为福州宁德主簿。孝宗即位，陆游任枢密院编修官，赐进士出身。此后，乾道六年（1170），陆游起

① 傅璇琮等：《全宋诗》卷一六五二，北京大学出版社，1998 年，第 18501 页。
② 傅璇琮等：《全宋诗》卷一九〇八，北京大学出版社，1998 年，第 21310 页。
③ 傅璇琮等：《全宋诗》卷二二四九，北京大学出版社，1998 年，第 15819 页。
④ 傅璇琮等：《全宋诗》卷二六八七，北京大学出版社，1998 年，第 31638 页。
⑤ 傅璇琮等：《全宋诗》卷二七六三，北京大学出版社，1998 年，第 32639 页。
⑥ 傅璇琮等：《全宋诗》卷三二八六，北京大学出版社，1998 年，第 39164 页。
⑦ 傅璇琮等：《全宋诗》卷三六七〇，北京大学出版社，1998 年，第 44062 页。
⑧ 傅璇琮等：《全宋诗》卷三七一〇，北京大学出版社，1998 年，第 44567 页。

任夔州通判，后入四川宣抚使幕，复任四川制置使司参议官；淳熙七年（1180），提举江西常平茶盐公事，以发粟赈灾，被劾罢，居故乡数年；十三年（1186），起知严州；十六年（1189），任礼部郎中，劾罢，闲居十余年；宁宗嘉泰二年（1202），召修孝宗、光宗实录。再后来，陆游以宝谟阁待制致仕。

淳熙十二年（1185），陆游六十二岁，伏处故乡。此年二月间，诗人在西兴送别友人赴临安，作赠别词《柳梢青》，自注“乙巳二月西兴赠别”，词云：

十载江湖，行歌沽酒，不到京华。底事翩然，长亭烟草，衰鬓风沙。

凭高目断天涯。细雨外、楼台万家。只恐明朝，一时不见，人共梅花。[①]

诗人因送别友人赴京，联想起自己身世，十年江湖落拓，行歌沽酒，未到京华。这次因送别友人，在西兴渡口，隔江遥望细雨中楼台万家的都城，心中难免感慨。这份自伤自苦、人世沉浮的感慨，也赋予了这首赠别词不一样的内涵。末句“只恐明朝，一时不见，人共梅花”回扣主题，表达了对友人的惜别之情和离别的惆怅。从这首词中可见，西兴作为进出京华的重要津渡，因其特殊的地理位置，也具有了文化和情感的象征意义，成为庙堂与江湖之分野的标志。

这年冬天，诗人游历萧山，临江悲慨。此间作有《舟中感怀》《钱清夜渡》等诗，诗中慨叹山河未复，壮志蹉跎。《西兴泊舟》《夜归》等二首也作于此时。《西兴泊舟》诗云：“衰发不胜白，寸心殊未降。避风留水市，岸帻倚船窗。日上金熔海，潮来雪卷江。登临数奇观，未易敌吾邦。”[②]该诗歌首联抒发了诗人老当益壮、寸心未降之情怀，颔联则交代

① 夏承焘、吴熊和（笺注），陶然（订补）：《放翁词编年笺注》，上海古籍出版社，2012年，第142页。

② 傅璇琮等：《全宋诗》卷二一七〇，北京大学出版社，1998年，第24635页。

了其因避风而泊舟西兴的情形。颈联写景：旭日东升，海水涌动着金色的光芒，钱塘江与海相接，境界大开，潮水奔涌而来，水花胜雪。此联对仗精工，色彩对比强烈，壮景气势恢宏。诗人折服于这天地奇观，更时刻不忘国事，感慨吾邦以江潮为屏障，敌国不能轻胜。《夜归》诗则着重记录了诗人夜晚离开西兴回山阴家中一路的所见所闻，笔调轻松活泼。诗云："晡时捩柂离西兴，钱清夜渡见月升。浮桥沽酒市嘈囋，江口过埭牛凌兢。寒畲煮饼坐茆店，小鲜供馔寻鱼罾。偶逢估客问姓字，欢笑便足为交朋。须臾一饱各散去，帆席健快如超腾。云间戍楼鼓坎坎，山尾佛塔灯层层。夜分到家趋篝火，稚子惊起头鬅鬙。道途辛苦未暇说，一尊且复驱严凝。"[1]

淳熙十五年（1188），陆游在严州任满，于七月十日返回故乡；八月，作《长相思》五阕。由此可见，《长相思》词或为其回顾返乡经历时所作。《长相思》（其四）作："暮山青，暮霞明，梦笔桥头艇子横。蘋风吹酒醒。看潮生，看潮平，小住西陵莫较程。莼丝初可烹。"[2]记录了诗人西兴小住的闲适时光。梦笔桥跨于萧绍运河之上，据南宋《嘉泰会稽志》载，为南朝齐建元（479—482）中建，传说其名取自江淹"梦笔生花"之典。陆游往返家乡，取道萧山，多在梦笔驿留宿，泊舟梦笔桥，曾写有《梦笔驿》诗。诗云："朱扉水际亭，白塔道边寺，扁舟几往返，每过辄歔欷。经秋病不死，岁暮复一至。少年自喧哗，此老独憔悴。可怜钓鳌客，终返屠羊肆。吾身行亦无，荣辱安所寄。短灯照孤愁，寒衾推残醉。明当临大江，一洒壮士泪。"[3]

淳熙十六年（1189）十一月，陆游罢官；嘉定二年（1209），陆游居故乡，在此消磨了年余光阴，并于次年十二月二十九日逝世。陆游晚年多病，嘉定二年时更是受苦痛折磨，时好时坏，但仍笔耕不辍。当年夏

① 傅璇琮等：《全宋诗》卷二一七〇，北京大学出版社，1998年，第24635页。

② 夏承焘、吴熊和（笺注），陶然（订补）：《放翁词编年笺注》，上海古籍出版社，2012年，第153页。

③ 傅璇琮等：《全宋诗》卷二一七〇，北京大学出版社，1998年，第24634页。

天，他的病情有所好转，并作有《病起杂言》诗。再往后，他得以外出行走，并于七月写下《郊行》一诗，诗云：

凄风吹雨过江城，缓策羸骖并水行。古路初惊秋叶堕，荒郊已放候虫鸣。

壮心耿耿人谁识，往事悠悠恨未平。斜日半竿羌笛怨，西陵寂寞又潮生。①

诗中充满了悲哀情调，凄风苦雨，羸骖病体；七月天已初凉，秋夜飞堕，秋虫凄鸣。诗人老病如斯，但心中仍放不下国事，只叹这份耿耿忠心无人可识，往事的遗憾难以抚平。斜晖中幽怨的羌笛响起，西陵渡口寂寞孤单，只有潮水又默默涌起。正所谓“西陵寂寞又潮生”，在这自然之景中，寄寓了诗人虽云寂寞而又难以平复的拳拳爱国之心。

如前所述，在陆游的《柳梢青》中，西兴实际具有了江湖与庙堂之交界点的内涵。在楼钥《次韵六和塔秀江亭壁间留题》诗中，这种意义与西兴之绾合则更加紧密。其诗云：“江外参差列万山，我家深在万山间。好山正不用钱买，但要未老身先闲。长江比愁终似少，江水能回愁不了。扁舟何日过西陵，鄮山佳处吾归老。”②

楼钥，明州鄞县（今宁波市鄞州区）人，历经孝宗、光宗、宁宗三朝，宦海沉浮。据载，楼钥系孝宗隆兴元年（1163）进士，调温州教授；乾道间，以书状官从汪大猷使金，归撰《北行日录》；累官知温州；光宗朝，擢起居郎兼中书舍人，迁给事中；宁宗时受禅，迁吏部尚书，论事忤韩侂胄罢职；居乡十余年，读书授徒；侂胄被杀，起为翰林学士，迁枢密院事、进参知政事，位两府者五年。

以上楼钥这首诗是一首题壁诗的次韵之作。六和塔，在杭州钱塘江边月轮山上，宋开宝三年（970）吴越王钱俶建塔以镇江潮，秀江亭位于

① 傅璇琮等：《全宋诗》卷二二三六，北京大学出版社，1998 年，第 25696 页。

② 傅璇琮等：《全宋诗》卷二五三八，北京大学出版社，1998 年，第 29353 页。

六和塔附近。诗人在江边眺望，看江外的远山参差，不免遥想家乡。尘世劳形，想要能摆脱名缰利锁，归老家鄮山（今宁波市鄞州区东）。楼钥从杭州返回故乡明州时，要途经西陵，经浙东运河抵达。“扁舟何日过西陵”，即指踏上归乡之路，而西陵也成为远离朝堂的标志。

同时，西兴作为渡口，与江湖渔隐也容易发生文化暗合。楼钥之《过西兴》同样表达了久在庙堂的诗人心中所怀的归隐情思，其诗云：“几载京尘涴客裘，江村乍入倍清幽。柔桑穲麦寒犹在，流水落花春又休。苍狗浮空惊易失，白驹过隙若为留。细思谁似垂纶者，寘酒烹鱼百不忧。”①诗中，西兴以其清幽的风景，至纯的民风，让京尘客们（指尘俗之人）生出艳羡之情。

今西兴屋子桥（池方越　摄）

像这样以西兴为界，标记江湖与庙堂、山野与京都等的，在南宋诗

① 傅璇琮等：《全宋诗》卷二五四一，北京大学出版社，1998年，第29414页。

作中还有多处。如吴礼《生查子》之“吴山与越山，相对摩今古。枭缆浙江亭，回首西兴渡。区区名利人，无分香闺住。匆遽促征鞍，又入临平路”[①]；如毛珝《西兴》之“蚤暮船争渡，都城隔岸间。昔为渔钓地，今作利名关。潮探尘中事，年催客里颜。水仙花又发，吾欲老江湾”[②]，又如李泳《西兴》之“山拥千家邑，江涵万顷天。洪涛舂落日，老树秣荒烟。失路或搔首，夷途争着鞭。劳生几寒暑，半鬓已苍然”[③]，再如王柏《次前韵寄郑悦斋》之“单骑冲寒发路东，只缘归计太疏空。三年事外多闲日，一别花间几信风。出处莫期当世合，功名要与古人同。凭君试问真消息，应已西兴唤短篷”[④]。

此外，南宋四名臣之一的李光有《水调歌头》之“罢政东归，十八日晚抵西兴”，词云：

晚渡呼舟疾，寒日正苍茫。西兴浦口云树，真个是吾乡。闻□（此处原字已无从考证。——作者注）蜗庐好在，小圃犹存松菊，三径未全荒。收拾桑榆景，蓑笠换金章。

珥金貂，拥珠履，在岩廊。回头万事何有，一枕梦黄粮（底本中即“粮”。——作者注。下同）。十载人间忧患，赢得萧萧华发，清镜照星霜。醉倒休扶我，身世永相忘。[⑤]

李光，越州上虞人，徽宗崇宁五年（1106）进士，高宗时历知宣州、临安府、婺州、平江府、台州、温州。绍兴八年（1138），拜参知政事；九年（1139），因与秦桧不合，出知绍兴府，改提举洞霄宫；十一年（1141），贬滕州安置；十四年（1144），移琼州；二十年（1150），移昌化军，历十年光阴。秦桧死后，李光得以内迁，复为左朝大夫。这首

① 唐圭璋：《全宋词》第四册，中华书局，1965 年，第 2280 页。

② 傅璇琮等：《全宋诗》卷三一三五，北京大学出版社，1998 年，第 37478 页。

③ 傅璇琮等：《全宋诗》卷二三六九，北京大学出版社，1998 年，第 27200 页。

④ 傅璇琮等：《全宋诗》卷三一六八，北京大学出版社，1998 年，第 38025 页。

⑤ 唐圭璋：《全宋词》第二册，中华书局，1965 年，第 787 页。

《水调歌头》作于绍兴九年罢知绍兴府时。该词上片表达的是，诗人离开都城，抵达西兴，潮涌舟疾，寒日苍茫，情调萧瑟。眼见西兴浦口江云烟树，诗人不禁感慨：湖山渔隐、蓑衣钓竿，才是自己真正的故乡。蜗庐好在、小圃犹存，诗人借陶渊明语，言明归隐之意。下片回顾的则是宦海沉浮，正所谓“回头万事何有，一枕梦黄粮”，十载忧患，不过赢得萧萧华发。忠心孤愤，颓唐寂寥。诗人在政治斗争中受挫，报国无门，难免生出隐逸之思，但其实内心始终无法放下国家大事、平生志向。面对西兴烟树，离开京都时泛起的隐逸之乐，沉淀之后却又化作不得不隐的无奈苦闷。

除去笔涉西兴的作品，南宋时期专写西兴或对西兴风物描写较多的诗作较之前代有显著增长。例如，张栻有《春日西兴道中》组诗五首，吕祖谦有《西兴道中二首》，喻良能有《点检朝陵内人顿递至西兴道中纪事》，董嗣杲有《西兴道中二首》……皆细致描绘了西兴道中的俊秀风光。

以下为张栻《春日西兴道中》五首，以明丽笔调书写了西兴春色。

其一

短短菰蒲绿未齐，河洲水暖雁行低。归时须趁春光浅，待得春深意却迷。[①]

其二

江梅已过杏花初，尚怯馀寒著萼疏。待得重来几枝在，半随蝶翅半蜂须。

其三

岸容山意两溶溶，便是东皇第一功。春色平铺人不见，却将醉眼认繁红。

其四

一川晓色鹭分去，两岸烟花莺带来。径欲卜居从钓叟，绿杨缺处竹门开。

① 一作“短短菰蒲绿未齐，河洲水暖雁行低。柳阴小艇无人管，自送流花下别溪”，收于吕祖谦《春日》诗。

其五

檐铎无声鸟语稀，径深钟梵出花迟。日长遍绕溪南寺，未信东风属酒旗。①

张栻，名相张浚之子，以荫入仕；从胡宏学，与朱熹、吕祖谦为友；乃宋代著名理学家、教育家，曾主教岳麓书院。这组诗是诗人途经西兴道中所写的一组风景小诗，诗歌为七绝形式，笔调清新婉丽，刻画出西兴道中的融融春意，反映了舟行西兴道中的诗人一路游观两岸风光时赏心悦目、闲适愉悦的情感，呈现了与汹涌澎湃的西兴潮水大不相同的运河水乡风貌。

张栻好友吕祖谦也有《西兴道中》七绝二首。吕祖谦，婺州（今浙江金华）人，孝宗隆兴元年（1163）进士。宋代著名理学家，人称东莱先生，与朱熹、张栻齐名，时称“东南三贤”。《西兴道中二首》同样以轻松愉悦的笔调，写船行西兴道中所见的动人景色与诗人的闲适心境。

其一

凫鹭迎船似有情，随波故起绿粼粼。野花照水开无主，谁信春归已两旬。

其二

桑麻张王不知春，帝恐莺花太断魂。东岸红霞西岸绿，却将景色为平分。②

喻良能，今浙江义乌人，高宗绍兴二十七年（1157）进士，曾通判绍兴府。其诗《点检朝陵内人顿递至西兴道中纪事》以排律之体详细铺陈了西兴道中的一路风光。

平湖潋滟摇春风，扁舟轻驶如飞鸿。垂杨万缕长青茸，倚岸崇桃醉

① 傅璇琮等：《全宋诗》卷二四二一，北京大学出版社，1998 年，第 27944—27945 页。
② 傅璇琮等：《全宋诗》卷二五二二，北京大学出版社，1998 年，第 19137 页。

脸红。

满空烟雨霏蒙蒙，柯桥精庐闻午钟。平畴麦苗青芃芃，崇峰秀岑纷玲珑。

图经未看名叵穷，雨葩烟叶交朦胧。吾欲图之谁其工，妙语却思六一翁。

解道山色有无中，薄暮舣舟依竹丛。夜深点滴听孤篷，天明利涉浮梁雄。

钱清虽小炊烟重，我生之辰今适逢。一杯不暇缘匆匆，聊以新诗娱老悰。

龛山西北水溶溶，白鹤桥边小梵宫。海天茫茫空复空，放眸一望日本东。

萧山小邑河阳同，桃李漫山如锦幪。溪旁驿亭名梦笔，故居知是江文通。

西兴浦口天连水，满眼长安紫翠浓。①

这首诗表现的，是诗人自绍兴赴临安，行于西兴道中之所历：春水潋滟，扁舟如鸿；垂杨万缕，岸桃绯红；崇山翠秀，麦苗芃芃；烟雨霏霏，山色有无。面对此情此景，诗人不禁陶醉其间。待到行至萧山，眼见海天茫茫，漫山桃李，西兴潮水连天，遥望长安繁华，则又是一番景象。

宋末杭州人董嗣杲亦作有《西兴道中二首》。董嗣杲，理宗景定中榷茶九江富池，度宗咸淳末知武康县。宋亡，入山为道士，有诗《西湖百咏》二卷，包括《西兴道中二首》。

其一

无马可租冲晓去，有筇堪策趁晴行。初程便是萧山县，喷火榴花两岸明。

① 傅璇琮等：《全宋诗》卷二三四四，北京大学出版社，1998 年，第 26939 页。

其二

狂走断贻猿鹤笑，醉吟忽感岁时迁。野桥流水湘湖路，欲撷莼丝饭午前。[1]

此诗表现的是，诗人拄筇狂走，行于西兴道中，看到两岸明丽的榴花，渡过野桥流水，采撷莼丝以备饭肴。诗歌充满了山野气息，有着宋代乡村田园诗歌的质朴与清新。

今西兴水上人家（池方越 摄）

此外，还有徐恢《望西兴偶成》之“痕痕雪壁隐疏烟，正是西兴落日边。潮水退黄山送碧，问人还有渡江船”[2]，滕岑《江上望西兴》之“跨浦桥边万里风，客帆去尽暮江空。西兴只在斜阳里，白壁青林淡染红”[3]，王炎《西兴阻风》之“小市西兴渡，年来一再行。花开方淑景，

① 傅璇琮等：《全宋诗》卷三五七四，北京大学出版社，1998年，第42736页。
② 傅璇琮等：《全宋诗》卷二六四三，北京大学出版社，1998年，第30954页。
③ 傅璇琮等：《全宋诗》卷二五五三，北京大学出版社，1998年，第29603页。

木落又寒声。云破日还晦，潮回江未平。壮年曾试险，迟莫敢轻生”[①]，苏泂《小憩西兴》之“吴越相望一苇通，仙凡不隔半帆风。玄晖有句无人识，尽在西兴落照中”[②]，高翥《夜过西兴》之“宵济向西兴，钟声隔岸听。浅滩淘落月，远树纳残星。客路悠悠去，征桡在在停。明朝故山近，不必问邮亭”[③]，林希逸《宿西兴渡作》之“古寺鸣钟罢，高林宿鸟忙。竹明风弄影，荷净露生香。月到中天小，星过野水长。江村人寂寂，败叶响银床”[④]，陈允平《西兴》之“西兴潮半落，渔浦日初昏。岳面云收脚，沙头浪积痕。楼钟鸣野寺，船鼓入江村。回首长安路，归心几断魂”[⑤]，等等。诸如此类的诗歌，写的或是西兴的落日晚照，或是野水长空、潮兴潮落，多有佳句。

刘过的《过西兴》，在表现西兴的诗作中别具一格，其诗云：“奔涛汹涌欲骑鲸，船去钱塘棹不停。何日子胥鞭楚墓，伤时周顗泣新亭。蚊虻过耳蛮音恶，虾蟹薰人海气腥。吴下阿蒙非昔日，眼高相对有谁青。”[⑥]刘过，字改之，号龙洲道人，南宋吉州太和（今江西泰和）人。刘过多次应举不第，流落江湖，终生未仕。刘过是抗金志士，曾上书朝廷提出恢复中原方略，未被采纳，与陆游、陈亮、辛弃疾等多有唱和。其《过西兴》一诗风格豪放，如“蚊虻过耳蛮音恶，虾蟹薰人海气腥”，用蚊虻蛮音、虾蟹腥气写渡江情景，既出人意表又在情理之中，亦具险怪之美。此外，该诗还援引了伍子胥、周顗、吕蒙、阮籍之典，内涵丰富，其中“子胥鞭楚墓”“周顗泣新亭”等皆与钱江相关。据《史记·伍子胥列传》载，春秋时期，伍子胥父兄为楚平王所杀，他立誓复仇，投奔吴国，助吴王阖闾伐楚成功，入楚都郢城，伍子胥“乃掘楚平王墓，出其尸，鞭之三百”。伍子胥以功封于申。后相夫差，为伯嚭所谮，赐

① 傅璇琮等：《全宋诗》卷二五六七，北京大学出版社，1998 年，第 29806 页。
② 傅璇琮等：《全宋诗》卷二八四九，北京大学出版社，1998 年，第 33956 页。
③ 傅璇琮等：《全宋诗》卷二八五九，北京大学出版社，1998 年，第 34141 页。
④ 傅璇琮等：《全宋诗》卷三一一八，北京大学出版社，1998 年，第 37230 页。
⑤ 傅璇琮等：《全宋诗》卷三五一六，北京大学出版社，1998 年，第 41995 页。
⑥ 傅璇琮等：《全宋诗》卷二七〇四，北京大学出版社，1998 年，第 31840 页。

死[①]。《吴越春秋·夫差内传》载："吴王乃取子胥尸，盛以鸱夷之器，投之于江中……子胥因随流扬波，依潮来往，荡激崩岸。"[②]后以"伍胥潮"谓怒潮。周颉泣新亭事，典出《晋书·王导传》："过江人士，每至暇日，相要出新亭饮宴。周顗中坐而叹曰：'风景不殊，举目有江河之异。'皆相视流涕。惟导愀然变色曰：'当共勠力王室，克复神州，何至作楚囚相对泣邪！'众收泪而谢之。"[③]诗中，伍子胥典关涉江潮怒涛，新亭之典关涉过江南渡，刘过乘舟过西兴，思接千古，心怀壮志，此诗也拓宽了西兴诗作的内涵。

南宋时期，笔涉西兴的词作中，姜夔与吴文英的作品当属最值得关注之列。姜夔一生未仕，结交诗客，往来江湖，其词清空骚雅，娴于音律，对南宋及后世词家影响深远。姜夔《徵招》词记述了其往来西兴钱江之间所见的越中山水景色，词序云："越中山水幽远。予数上下西兴、钱清间，襟抱清旷。越人善为舟，卷篷方底，舟师行歌，徐徐曳之，如偃卧榻上，无动摇突兀势，以故得尽情骋望。予欲家焉而未得，作徵招以寄兴。"

词云：

潮回却过西陵浦，扁舟仅容居士。去得几何时，黍离离如此。客途今倦矣。漫赢得、一襟诗思。记忆江南，落帆沙际，此行还是。

迤逦。剡中山，重相见、依依故人情味。似怨不来游，拥愁鬟十二。一丘聊复尔。也孤负、幼舆高志。水葓晚，漠漠摇烟，奈未成归计。[④]

上片中，词人乘一叶扁舟，随潮水回到西兴浦口。数年漂泊，羁旅倦客，待回到记忆中的江南，在西兴渡口骋望落帆沙际，感慨生之。下

① 详参司马迁（撰），裴骃（集解），司马贞（索引），张守节（正义）：《史记》，中华书局，1982年，卷六十六，第2171—2183页。

② 周春生：《吴越春秋辑校汇考》，上海古籍出版社，1997年，第85—86页。

③ 房玄龄等：《晋书》，中华书局，1974年，第1747页。

④ 唐圭璋：《全宋词》第三册，中华书局，1965年，第2182—2183页。

片中，词人自西兴返越中，所写越中山水幽远，词情清旷。姜夔《越女镜心》亦有句云“故国情多，对溪山、都是离绪。但一川烟苇，恨满西陵归路”①，也记录了其越中往来行迹。

吴文英亦是南宋著名词人，四明（今浙江宁波）人，理宗绍定中为苏州仓台幕僚，又入浙东安抚使、知绍兴府吴潜幕中。晚年为荣王（度宗本生父）府门客，出入贾似道之门。虽终为布衣，所交皆一时显贵。其人以词名世，知音律、能自度曲。吴文英《宴清都》一词，记录了词人在西兴渡口饯别之事。词云：

翠羽飞梁苑。连催发，暮樯留话江燕。尘街堕珥，瑶扉乍钥，彩绳双罥。新烟暗叶成阴，效颦妩、西陵送远。又趁得、蕊露天香，春留建章花晚。

归来笑折仙桃，琼楼宴萼，金漏催箭。兰亭秀语，乌丝润墨，汉宫传玩。红欹醉玉天上，倩凤尾、时题画扇。问几时、重驾巫云，蓬莱路浅。

此词有题作“饯嗣荣王仲亨还京”，吴熊和先生《梦窗词补笺》考证：“据《宋史·度宗纪》，度宗生于嘉熙四年（一二四〇）四月初九，景定五年（一二六四）十月继位，十二月诏以生日为乾会节。翌年咸淳元年，乾会节庆寿。吴文英有一首《宴清都》饯嗣荣王仲亨还京（朱孝臧谓仲亨当是与芮之字），词有‘暮樯留话江燕’‘归来笑折仙桃’诸句，即是送赵与芮自越入杭庆贺度宗乾会节。词中时令情事一一皆合，《宴清都》此词即作于咸淳元年。”②由是可知，此词是吴文英在西兴渡口送行赵与芮由越地入杭庆贺度宗生辰而作。词中“新烟暗叶成阴，效颦妩、西陵送远”之句，描写了春季新绿如烟、柳叶微

① 唐圭璋：《全宋词》第三册，中华书局，1965 年，第 2188 页。

② 吴文英（撰），孙虹、谭学纯（校笺）：《梦窗词集校笺》，中华书局，2017 年，第 288 页。

敛好似惜别的西兴景色。

《齐天乐》则是吴文英在西兴渡口抚今追昔、相思忆旧之作。词云：

烟波桃叶西陵路，十年断魂潮尾。古柳重攀，轻鸥聚别，陈迹危亭独倚。凉飔乍起。渺烟碛飞帆，暮山横翠。但有江花，共临秋镜照憔悴。

华堂烛暗送客，眼波回盼处，芳艳流水。素骨凝冰，柔葱蘸雪，犹忆分瓜深意。清尊未洗。梦不湿行云，漫沾残泪。可惜秋宵，乱蛩疏雨里。[①]

此词上片写景，下片怀情。上片中，词人来到十年前与情人分别的西兴渡口，这里烟波渺茫，潮水涌动。重新抚摸渡口送行的古柳，江岸上白鸥飞渡，起落聚散，好似人生；独倚危亭，追寻陈迹，江风乍起，吹来一阵秋凉；远处暮山横翠，船帆隐隐，只有江花照水，与人共憔悴。词中下片，自然过渡到对当年情事的追忆之中。此词写景疏俊，写情绵密，借由西兴重游，展开了一段缠绵悱恻的爱情记忆。在有关西兴渡口的诗词中，多写的是友人送别，这首情人相别的作品，为西兴平添了几分独特的旖旎妩媚。此外，吴文英的《桃源忆故人》这首词与此词主题相仿，或为同期作品。《桃源忆故人》词云："越山青断西陵浦。一岸密阴疏雨。潮带旧愁生暮。曾折垂杨处。桃根桃叶当时渡。呜咽风前柔橹。燕子不留春住。空寄离樯语。"[②]

吴文英曾在越中作幕僚，或自己出行，或迎来送往，因而对杭越山水、西兴风物都是相当熟悉的，而以越中与京华相对，以西兴作为沟通，则是吴文英笔涉西兴作品的一种常见构思。例如，《朝中措·赠赵悔壑》有云："吴山相对越山青。湘水一春平。粉字情深题叶，红波香染浮萍。朝云暮雨，玉壶尘世，金屋瑶京。晚雨西陵潮汛，沙鸥不似身轻。"[③]又如，《浪淘沙令·有得越中故人赠杨梅者，为赋赠》中云：

---

① 吴文英（撰），孙虹、谭学纯（校笺）：《梦窗词集校笺》，中华书局，2017年，第370页。

② 吴文英（撰），孙虹、谭学纯（校笺）：《梦窗词集校笺》，中华书局，2017年，第1494页。

③ 吴文英（撰），孙虹、谭学纯（校笺）：《梦窗词集校笺》，中华书局，2017年，第1504页。

“绿树越溪湾。过雨云殷。西陵人去暮潮还。铅泪结成红粟颗，封寄长安。别味带生酸。愁忆眉山。小楼灯外楝花寒。衫袖醉痕花唾在，犹染微丹。”①

值得注意的是，姜夔、吴文英词中，皆喜用西兴的旧称“西陵”。这或许与词中常用“西陵苏小小”事典的传统有关。

《苏小小歌》最早见于徐陵编选的《玉台新咏》(原题《钱塘苏小小歌》)，宋人郭茂倩《乐府诗集》又将其收入《杂歌谣辞》一类中。其诗云：“妾乘油壁车，郎骑青骢马。何处结同心？西陵松柏下。”《乐府广题》曰：“苏小小，钱塘名倡也，盖南齐时人。西陵在钱塘江之西。歌云‘西陵松柏下’是也。”②《苏小小歌》中所谓“何处结同心？西陵松柏下”，当指其与情人定情西陵渡口，或兼及送别之意。苏小小在历史上特受文人喜爱，自唐以来很多诗人都写过相关诗篇吟咏其人，如李贺《苏小小歌》之“油壁车，夕相待。冷翠烛，劳光彩。西陵下，风吹雨”③，罗隐《江南行》之“西陵路边月悄悄，油壁轻车苏小小”④，等等。宋词因其婉约体性，与苏小小其人其事更加契合，词中用其事者益多。词中笔涉西陵者，也多是用苏小小之典，如贺铸《定情曲》之“星桥畔、油壁车迎苏小。引领西陵自远，携手东山偕老”⑤，方千里《苏幕遮》之“燕归来，花落去。几度逢迎，几度伤羁旅。油壁西陵人识否。好约追凉，小舣蒹葭浦”⑥，毛幵《薄幸》之“为感郎、松柏深心，西陵已约平生愿”⑦，张孝祥《瑞鹧鸪》之“香佩潜分紫绣囊。野塘波急折鸳鸯。春风灞岸空回首，落日西陵更断肠”⑧，等等。或许正是由于这样的文学惯性，南宋雅词派的代表人物姜夔、吴文英在笔涉西兴渡口时，喜欢选用

① 吴文英(撰)，孙虹、谭学纯(校笺)：《梦窗词集校笺》，中华书局，2017年，第1538页。
② 郭茂倩：《乐府诗集》，中华书局，1979年，卷八五，第1203页。
③ 郭茂倩：《乐府诗集》，中华书局，1979年，卷八五，第1203页。
④ 彭定求等：《全唐诗》卷六五六，中华书局，1960年，第7611页。
⑤ 唐圭璋：《全宋词》第一册，中华书局，1965年，第526页。
⑥ 唐圭璋：《全宋词》第四册，中华书局，1965年，第2496页。
⑦ 唐圭璋：《全宋词》第二册，中华书局，1965年，第1367页。
⑧ 唐圭璋：《全宋词》第三册，中华书局，1965年，第1716页。

内涵更加叠合丰富，审美更具要秒婉约的称呼“西陵”，而非西兴。周密《三姝媚·送圣与还越》词亦云：“浅寒梅未绽。正潮过西陵，短亭逢雁。”①总体而言，西兴渡口在宋词中以“西陵”旧称更为多见。

西兴地处钱塘江要冲，位于京杭运河与浙东运河的交接地带，自隋唐时期经两宋至如今，历经千年长盛不衰。其作为交通枢纽，在仕宦往来、商贸交易、文化交流、行旅游赏等诸多方面，有着重要的沟通作用。隋唐时期，浙东运河经开凿、发展至逐步完善，很多诗人于往来浙东之时都取道西陵，留下了不少描写西陵风光与钱塘江潮的诗篇。五代时期，西陵改称西兴。宋代定都汴京，水路交通发达，东南走向的汴河从开封南下直抵钱塘，再经浙东运河，深入东南膏腴富饶之地，其中江浙一带尤为富庶，成为助推宋代经济发展的重要地区。作为连接江南运河与浙东运河、沟通浙东浙西的重要渡口，西兴在北宋繁华依旧，成为文人墨客、仕宦商旅经由的重要地点。如前所述，林逋、钱易、梅尧臣、王禹偁、赵抃、王安石、苏轼、晁补之、秦观、陈师道、释德洪等北宋著名文人皆有描写西兴的作品传世，这些作品既凝聚了作者的惜别赠行之意，也书写了西兴渡口的自然风光，且多聚焦于西兴江潮的奔涌澎湃。

北宋灭亡，南宋定都临安，浙东运河得到了进一步的开发利用，西兴也因此更加繁忙，更加频繁地关涉诗人的生活与文学创作。例如，陆游、楼钥、李光、刘过、张栻、姜夔、吴文英、周密等，都是这一时期值得关注的诗词作者。家国之变的时代风云，宦海沉浮的个人经历，江湖羁旅的人生轨迹，在他们的西兴诗词中留下了各种痕迹，而西兴在诗词中的表现也较之前代更加多元、丰富。

南宋时期，西兴作为进出都城杭州的重要津渡，成为庙堂与江湖分野的重要标志，并与传统的江湖渔隐绾合，也寄寓了一份隐逸之情。此期对西兴风物的描写较之前代有显著增长，除了传统的对钱江潮水的书写，有不少作品还细致描绘了西兴道中的俊秀风光，展现了南宋时期浙

① 唐圭璋：《全宋词》第五册，中华书局，1965 年，第 3291 页。

东运河的风貌。

明清时期，西兴渡口依旧繁忙，作为浙东浙西的沟通之所，南北物资的转运之地，西兴的过塘行分布很密集。过塘行即转运栈，是明清时期专门负责浙东运河与钱塘江之间货物、人员转运的特殊行业。清代鼎盛时期，西兴曾有过塘行 72 家之多，每家还有专门的转运货物类型，如茶叶、烟叶、药材、棉花绸缎、百杂货等。

20 世纪初，随着交通方式的变革，陆路交通的发展，西兴过塘行逐渐衰落。如今的西兴老街，仍保留着 10 多处过塘行旧址，以前店后宅的传统木结构民居为主：前进为过塘行，二进为住宅，保留了官河路旧时的风貌。千年时光流转，西兴古镇如今已隐没于闹市之中，往昔繁华不再，但这些古老的诗篇却鲜活地保留了曾经的人事，令人遥想。

西兴城隍庙遗址（池方越　摄）

第二章　两宋诗词中的沙河塘

宋代的杭州，水陆交通发达，商品经济繁荣，物阜民丰。诗人们宦游于斯、生活于斯，常常将这热闹的市井生活、繁华的城市样貌写入诗词。作为运河杭州段支流的沙河一带，在宋代更是都民胜游之地，明田汝成《西湖游览志余》载："沙河，宋时居民甚盛，碧瓦红檐，歌管不绝。"[①]自北宋至宋末元初，随着时代兴衰，沙河也见证着人世之喜怒哀乐；诗词中的沙河，则保留了士民生活的风俗画卷，也被寄予了丰富的文人情感。

杭州钱塘江江潮汹涌，历代潮患不绝。为泻潮水，唐咸通二年（861），刺史崔彦曾在杭州钱塘县"南五里"开沙河塘[②]，直通钱塘江。唐代所开沙河共有三条，南宋王象之《舆地纪胜》载其分别为"外沙、中沙、里沙"。[③]据施谔《淳祐临安志》卷十载："南自浙江跨浦桥，北自浑水闸萧公桥清水闸众惠桥椤木桥朱家桥转西，由保安闸至保安水门入城曰运河，士人呼城外河曰贴沙河，一名里沙河。"该志又载"外沙河"云："南自竹车门北去，绕城东，过红亭税务（今废）前螺蛳桥，东至蔡湖桥，与殿司前军寨内河相合，转西过游弈寨前军寨桥太平桥端平桥无星桥，与坝子桥河相合，入艮山河，沿城泛洋湖水转，北至德胜桥与运河相合，曰外沙河。旧志作外河，城外既有里沙河，则此河为外沙河明矣。今有外沙巡检司。"[④]中沙河起止则未详。魏嵩山认为，其可能位于外沙河与里沙河之间[⑤]。张金花、王茂华等认为："中沙

① 田汝成（辑撰），刘雄、尹晓宁（点校）：《西湖游览志》，上海古籍出版社，2018年，第249页。

② 欧阳修、宋祁：《新唐书》，中华书局，1975年，第1059页。

③ 王象之：《舆地纪胜》，中华书局，2003年，第107页。

④ 施谔：《淳祐临安志》，载《宋元方志丛刊》第四册，中华书局，1990年，第3326页。

⑤ 魏嵩山：《杭州城市的兴起及其城区的发展》，载《历史地理》，1981年第1期，第160—168页。

不详起止，但右三厢均在荐桥东面南的东巷坊、西巷坊，俗呼上中沙巷，东坊和西坊各有中沙后巷、中沙前巷，萧家渡则在下中沙巷。”[①]关于里沙河、外沙河与当今杭城地域之对应，魏嵩山认为外沙河应自吴山下的望仙桥始，沿今江城路、大学路和光芒路，向北至艮山门通于运河；里沙河当为今菜市桥河。[②]严军、胡心爱认为：“今中河北段唐时称里沙河。宋时凤山水门以南称龙山河，以北称盐桥河，清时并称为中河。”[③]中河南通钱塘江，北至京杭大运河，大运河杭州段中河河段已被列入世界文化遗产。沙河塘在钱塘城南五里，位于吴山脚下，宋时繁华热闹，夜市尤为著名。

东河第一桥“坝子桥”[④]（池方越　摄）

① 张金花、王茂华、王虹：《宋代夜市规模、形态与消费主体分析》，载《首都师范大学学报（社会科学版）》，2021 年第 2 期，第 17—26 页。

② 魏嵩山：《杭州城市的兴起及其城区的发展》，载《历史地理》，1981 年第 1 期，第 160—168 页。

③ 严军、胡心爱：《杭州运河古诗词选评》，杭州出版社，2006 年，第 201 页。

④ 杭州东河从五柳巷到坝子桥，全长近 4 千米。坝子桥位于东河北端，是东河第一桥，桥上有凤凰亭。东河，南宋唤作“菜市河”，宋人有“东门菜，西门水，南门柴，北门米”之谚。过坝子桥，即艮山门，与大运河相通。

今东河坝子（池方越　摄）

古良山门石碑（池方越　摄）

今艮山门雕塑《运河魂》

大运河——凤山水门遗址

一、北宋：灯火沙河夜夜春

沙河塘虽开凿于唐代，但直到宋代才成为诗歌中常常吟咏的繁华之地，这当与唐代安史之乱后经济重心南移以及唐末五代吴越国对杭州一带的持续开发相关。北宋时期，在诗词中着意描写沙河之人中，苏轼最值得关注。

宋神宗熙宁年间，王安石发动变法，这场影响巨大的变革深深地影响了苏轼一生的命运及其学术和文学创作。在新法斗争中败下阵来的苏轼乞补外任，于熙宁四年（1071）至熙宁七年（1074）出任杭州通判。这是苏轼第一次来杭州，他沉醉于杭州的湖光山色之中，留下了大量诗词，其中有七首诗词涉及沙河，分别是《望海楼晚景五绝·其五》、《戏赠》、《次韵述古过周长官夜饮》、《青牛岭高绝处有小寺人迹罕到》、《虞美人·有美堂赠述古》、《南乡子·和杨元素，时移守密州》和《惜花》。

东河“坝子桥”码头

《望海楼晚景五绝》作于熙宁五年（1072），当时苏轼在杭州担任州试的监试。这组诗歌为其于院试闲暇之余，登望海楼观景而作。望海楼又名望潮楼，在杭州凤凰山上，这组诗歌共有五首。

其一

海上涛头一线来，楼前指顾雪成堆。从今潮上君须上，更看银山二十回。

其二

横风吹雨入楼斜，壮观应须好句夸。雨过潮平江海碧，电光时掣紫金蛇。

其三

青山断处塔层层，隔岸人家唤欲应。江上秋风晚来急，为传钟鼓到西兴。

其四

楼下谁家烧夜香，玉笙哀怨弄初凉。临风有客吟秋扇，拜月无人见晚妆。

其五

沙河灯火照山红，歌鼓喧喧笑语中。为问少年心在否，角巾欹侧鬓如蓬。①

诗人薄暮登楼，从望湖楼上眺望江景，其诗前三首分别歌咏遥望所见之江潮、雷雨、晚风的自然景色，澎湃壮美，震荡诗情。其四、其五则转入晚间景色，亦转入人间烟火。夜色弥漫，诗人坐于楼中，楼下燃炉点香，玉笙哀怨。热闹的沙河灯火初上，映照湖山，歌鼓喧闹，游人嬉笑，少男少女们都投入这场盛游之中。一方面，这组诗中的每首皆可独立成章；另一方面，五首连接，亦展示出登楼所见自然光景之瞬息变化与诗人的视角迁移。《望海楼晚景五绝》由江潮等自然景色起兴，落脚于沙河夜市的人世繁华，展示了苏轼对杭州这方土地的最初印象。

沙河在宋代是繁华之地，沙河夜市更是热闹，《次韵述古过周长官夜饮》便是描写沙河夜景的名作，诗云：

① 傅璇琮等：《全宋诗》卷七九一，北京大学出版社，1998年，第9159页。

二更铙鼓动诸邻，百首新诗间八珍。已遣乱蛙成两部，更邀明月作三人。

云烟湖寺家家境，灯火沙河夜夜春。曷不劝公勤秉烛，老来光景似奔轮。①

述古指杭州太守陈襄，时苏轼恰任杭州通判。陈襄与苏轼志同道合，二人皆因反对新法而出知地方；共事时期，二人亦以民生为急。周长官指周邠，杭州钱塘人，苏轼多与之酬唱，正所谓与好友相约宴饮，诗酒相酬。于诗中可见：杭州形胜，家家湖寺云烟，沙河灯火，夜夜歌舞升平；人生短暂，光景如奔，如斯美景，定要秉烛夜游方能不负年华。这首诗情感热烈，“云烟湖寺家家境，灯火沙河夜夜春”更道出了杭州的山水之美、城市繁华。

此外，苏轼在《虞美人》《南乡子》两首词中也提到了沙河的灯火美景。《虞美人》词序“有美堂赠述古”中说，太守陈襄（字述古）即将离杭调往雨京（今河南商丘），设宴于杭州吴山之上有美堂，苏轼作为同僚好友与宴赋词。关于此词的写作，宋人傅干的《注坡词》所叙甚详：“《本事集》云：陈述古守杭，已及瓜代，未交前数日，宴僚佐于有美堂。侵夜月色如练，前望浙江，后顾西湖，沙河塘正出其下，陈公慨然，请贰车苏子瞻赋之，即席而就。”

其词曰：

湖山信是东南美。一望弥千里。使君能得几回来？便使尊前醉倒、且徘徊。

沙河塘里灯初上。水调谁家唱？夜阑风静欲归时。惟有一江明月、碧琉璃。②

① 傅璇琮等：《全宋诗》卷七九三，北京大学出版社，1998年，第9188页。

② 苏轼（著），傅干（注），刘尚荣（校正）：《东坡词傅干注校正》，上海古籍出版社，2016年，第264页。

有美堂位于吴山之上，在此可尽享湖山形盛，前望浙江后顾西湖，吴山脚下即是繁华的沙河塘。该词上片“湖山信是东南美。一望弥千里”写杭州的自然美景，借以引起惜别之意“使君能得几回来”；下片“沙河塘里灯初上。水调谁家唱”则表现了杭州的城市景观。其中，“水调谁家唱”之句，一则表现了沙河塘的市井热闹；二则水调声悲，用以引起离别的哀情。在此，词人巧妙地将杭州的山湖人文融入词中，既切合陈襄的太守身份，又表达了好友故交惜别留恋的真情实感。

吴山城隍阁（池方越　摄）

《南乡子》亦是一首赠别词，不过这次离别的主角是苏轼自己。其词序云“和杨元素，时移守密州”，交代了这首词的创作背景。熙宁七年（1074）七月，杨绘（字元素）接替陈襄任杭州知州；九月，苏轼由杭州通判调为密州知府，杨元素于西湖为苏轼饯别，唱和此词，词云：

东武望余杭。云海天涯两杳茫。何日功成名遂了，还乡。醉笑陪公三万场。

不用诉离觞。痛饮从来别有肠。今夜送归灯火冷，河塘。堕泪羊公却姓杨。[①]

① 苏轼（著），傅干（注），刘尚荣（校正）：《东坡词傅干注校正》，上海古籍出版社，2016年，第141页。

作为离别的主角，苏轼在惆怅之余更多展现出其固有的豪迈之情。例如，词中“何日功成名遂了”“不用诉离觞”等，表现出此时的苏轼对功名事业还抱有热望，对于仕途迁转的离别还抱有一份超迈之豪情。“今夜送归灯火冷，河塘”则又描绘出一副凄清冷寂的送归图：直至热闹的沙河塘上灯火已残，离席方散，苏轼和友人由河塘回归，为这人生的聚散投上一抹萧瑟的阴影。

沙河塘在苏轼生活的北宋熙宁年间已是杭州的热闹繁华之所，晚间灯火辉煌，笙歌不绝，游人嬉游。沙河连通钱塘江与城内运河，交通位置优越，商旅停泊，物资集散，这些都带来了沙河夜市的繁荣。熙宁年间出知杭州的苏颂，其诗中也有“万家灯火沙河里，月色相和廓暝阴”[①]之句。

凤山水城门（池方越　摄）

① 傅璇琮等：《全宋诗》卷五二八，北京大学出版社，1998 年，第 6382 页。

除了代表城市繁华光景的沙河灯火之外，苏轼所居官舍在西湖南边的凤凰山上，其于日间出行游玩时也常常途经沙河，这些亦于诗中有所记录。例如，苏轼在《惜花》中，记录了其从钱塘赏花胜处吉祥寺返回途经沙河塘时的见闻："沙河塘上插花回，醉倒不觉吴儿咍。"[①]在《青牛岭高绝处，有小寺，人迹罕到》中，亦记录了诗人游青牛岭经沙河塘暮归之事："暮归走马沙河塘，炉烟袅袅十里香。朝行曳杖青牛岭，寒泉咽咽千山静。"[②]此外，苏轼还有一首《戏赠》诗云"惆怅沙河十里春，一番花老一番新。小楼依旧斜阳里，不见楼中垂手人"，并由此引发了一则绮丽的遐想。《西湖游览志余》载："其（指苏轼。——作者注）佐郡时，意有所属，比来守郡，则其人已去矣。故其诗云：'惆怅沙河十里春……'盖亦杜樊川寻春较迟之慨也。"[③]

今东河、运河交汇处（池方越 摄）

① 傅璇琮等：《全宋诗》卷七九六，北京大学出版社，1998 年，第 9213 页。

② 傅璇琮等：《全宋诗》卷七九五，北京大学出版社，1998 年，第 9204 页。

③ 田汝成辑（撰），刘雄、尹晓宁（点校）：《西湖游览志》，上海古籍出版社，2018 年，第 249 页。

二、南渡：夜深灯火识升平

公元1127年，金人南下攻取汴京，宋徽宗、钦宗被挟北上，赵构即位，改元建炎。宋高宗赵构为躲避金人的南下追击，沿运河一路南逃，最终于绍兴八年（1138）定都临安。宋室南渡，大批士子文人也随着王室南迁。他们在这场宋金战乱中经历了颠沛流离、国破家亡的苦楚，并用笔墨诗文反映了这段特殊的岁月及自身曲折的心路历程。沙河塘作为杭州繁华热闹的商业中心，也成为临安都城与南宋时代的一种象征，寄寓了南渡文人复杂的情感。

陈渊，宋南剑州沙县人，字知默，世称默堂先生。早年从学二程，后师杨时。高宗绍兴五年（1135），充枢密院编修官；七年（1137），赐进士出身。陈渊有七绝《初到临安二首》，其一之“风际管弦朝病酒，云中楼阁夜闻香。十年一梦沙河路，独步春泥觉燕忙”[①]，写的是陈渊南渡后到初到都城时的恍惚心境；其二之“天竺旧游心已懒，孤山行处路应迷”[②]，更将这种聊赖之情道明，诉说了一代士人的迷茫失落。

王庭圭，宋吉州安福人。徽宗政和八年（1118）进士。高宗绍兴中，胡铨上疏乞斩秦桧等，被谪新州，众所避之，王庭圭独以诗送行。王庭圭南渡后抵达杭州，作诗《初至行在》，诗云：

望中楼阁入青冥，疑是长安旧帝城。十里荷花开世界，几年羁旅望神京。

老随丹诏身犹健，梦入华胥眼尚生。行尽沙河塘上路，夜深灯火识升平。[③]

此诗开篇状写都城之气势大开：远远望去，楼阁高耸，直入青云。

① 傅璇琮等：《全宋诗》卷一六四二，北京大学出版社，1998年，第18377页。
② 傅璇琮等：《全宋诗》卷一六四二，北京大学出版社，1998年，第18378页。
③ 傅璇琮等：《全宋诗》卷一四六八，北京大学出版社，1998年，第16818页。

但“疑是长安旧帝城”一句却令情感直转极下，用“疑是”二字，写出了南渡之人的情感恍惚；与旧帝城相比，道出了南渡之人的辛酸痛楚。下句“十里荷花开世界”，柳永《望海潮》摹写杭州时有名句“三秋桂子，十里荷花”，可见荷花是杭州的典型风物；“几年羁旅望神京”，写出了南渡漂泊的艰难以及臣子追随朝廷的耿耿忠心。“老随丹诏身犹健，梦入华胥眼尚生”，写的是诗人初到临安时如入华胥之国。《列子·黄帝》云：“（黄帝）昼寝而梦，游于华胥氏之国。华胥氏之国在弇州之西，台州之北，不知斯齐国几千万里；盖非舟车足力之所及，神游而已。其国无帅长，自然而已。其民无嗜欲，自然而已……黄帝既寤，怡然自得。”[①]此处用华胥代指杭州行在之安乐和平。“行尽沙河塘上路，夜深灯火识升平”，写的是诗人走过繁华的沙河塘，在深夜的灯火里看到了南宋的升平气象，虽经历苦难，但诗人仍抱有希望，也愿为这希望而身老心健。

同为南渡诗人的周紫芝，在《马山观道傍卖芍药口占》中也表达了类似的心情。周紫芝，字少隐，号竹坡居士，宣州宣城（今属安徽）人。早年两次赴礼部试，不第。高宗建炎元年（1127），曾应诏上书。绍兴十二年（1142），以廷对第三释褐，时年六十一。历官右司员外郎、知兴国军。周紫芝《马上观道傍卖芍药口占》诗云：“沙河帘幕近苍穹，芍药丝头十里风。谁道升平本无象，江都花是旧时红。”[②]沙河一带帘幕绵延，道旁叫卖着美丽的芍药花。扬州以红色芍药名闻天下，对此姜夔《扬州慢》中曾有这样的名句：“念桥边红药，年年知为谁生。”如今家国覆灭，南宋朝廷偏安一隅，世人心中不免沉痛，但沙河塘叫卖的扬州芍药却依然鲜艳美丽。沙河塘的繁华，花担上的芍药，透露出南宋朝廷的升平之象，诗人得以心生安慰并对未来寄予希望。

① 叶蓓卿：《列子》（译注），中华书局，2011 年，第 28 页。

② 傅璇琮等：《全宋诗》卷一五二五，北京大学出版社，1998 年，第 17341 页。

三、南宋：香尘冉冉沙河市

南宋时期，全国经济重心完成了由黄河流域向长江流域的历史性转移。南宋都城临安府也成为当时全国最大最繁华的城市，人口过百万，商业发达。宋人周密在《武林旧事·西湖游幸》中云，“西湖天下景，朝昏晴雨，四序总宜。杭人亦无时而不游……日糜金钱，靡有纪极。故杭谚有‘销金锅儿’之号”[①]，生动记载了西湖商贸游赏之盛。位于吴山脚下的沙河塘，依傍沙河，形成了大型河市。沙河是进出临安的重要水路，往来商旅停泊、物资集散交易。自北宋以来，沙河塘便是杭州的商业中心，至南宋时愈加繁荣，成为都人的游赏胜地。

吴儆，宋徽州休宁人，与兄吴俯讲学授徒，合称“江东二吴”，高宗绍兴二十七年（1157）进士。吴儆有诗《送王国器归宣城》，诗云：

吾不送君以南浦伤离之曲，吾不送君以渭城惜别之觞。

君今跨马行远陌，陌上槐花日已黄。槐花黄时举子忙，君心应逐白云翔。

君来桃李春未晚，喜君幽韵如兰芳。东风披拂香满路，君不即人人岂忘。

澄江静练楚天长，叠嶂高楼秋月凉。使君高会罗红妆，樽前醉客第王杨。

明年上国富春光，风帘烟柳沙河塘。集英班退马蹄疾，都人争看绿衣郎。[②]

该诗为送别友人而作，先赞美友人气如幽兰，心若游云，令人如沐春风。“澄江”四句描写赠别的自然环境与宴饮场景。“明年上国富春光，风帘烟柳沙河塘”之句，乃诗人遥想别后——待到第二年春天，沙河塘

① 周密（著），钱之江（校注）：《武林旧事》，浙江古籍出版社，2011 年，第 49 页。

② 傅璇琮等：《全宋诗》卷二一二九，北京大学出版社，1998 年，第 24066 页。

上绿柳烟浓之时，友人已高中，身着绿袍，成为都人争看的新科进士。恰如唐代进士有曲江宴游之俗，宋代亦有状元游街的仪式。宋田况《儒林公议》云："每殿庭传胪第一，则公卿以下无不耸观，虽至尊亦注视焉。自崇政殿出东华门，传呼甚宠，观者拥塞通衢，人摩肩不可过，锦鞯绣毂，角逐争先，至有登屋下瞰者，士庶倾羡，欢动都邑。"[①]南宋时期，新科进士的游街之行或当经过沙河塘，故诗中有"都人争看绿衣郎"之句。

吴文英的《醉桃源·赠卢长笛》，写的是词人与好友乐工卢长笛相逢，回忆往昔生活，感慨时光流逝的作品，词云：

> 沙河塘上旧游嬉。卢郎年少时。一声长笛月中吹。和云和雁飞。
> 惊物换，叹星移。相看两鬓丝。断肠吴苑草凄凄。倚楼人未归。[②]

词中，上片描写了词人与卢长笛相识于年少，在繁华的沙河塘上嬉戏游乐之情景。当时卢郎年少，擅长吹笛，月下吹奏，乐声仿若能飘入夜空，与云雁同飞。词人以轻快的笔调，追忆了二人年少时的美好时光，借助于对"沙河塘上卢郎吹笛"这样一个颇具视听感之生活片段的细致刻画，让读者亦能共情青春友谊的纯真与美好，也由此更能体会该词下片中那种久别重逢、物换星移、羁旅漂泊、两鬓斑白的无奈与悲凉。词中的沙河塘，既是二人昔日游玩的实地，也具有一定的象征意味。沙河塘作为临安的商业中心，以其繁华热闹为二人的早年岁月添上了几分恣意轻狂的青春色彩。

黄昇在送别友人游浙的词作《感皇恩·送饶溪嘉游浙》中，也曾热情洋溢地推介沙河塘。其词云：

> 骑鹤上扬州，腰缠十万。拈起诗人旧公案。看山看水，此去胜游须遍。烦君收拾取，归吟卷。

① 田况（撰），张其凡（点校）：《儒林公议》，中华书局，2017年，第8页。
② 唐圭璋：《全宋词》第四册，中华书局，1965年，第2896页。

少日风流，暮年萧散。佳处何妨小留款。沙河塘上，落日绣帘争卷。也须拂拭起，看花眼。[①]

词中上片，黄昇告诉友人此去浙江时，一定要观山看水，遍游名胜。除了风景游赏，也要到那繁华之处小憩，看看人世的热闹。在下片中，词人称赞友人年少风流，暮年潇洒，如此人品，定要去那热闹的沙河塘消闲一番，落日黄昏，暮色初上，沙河塘的热闹才刚刚开启，正所谓“落日绣帘争卷”。可见在宋人眼中，杭州佳处，山水人文，沙河塘更是不容错过的游赏之地。

沙河塘灯火繁华，上元灯夕之夜更是临安的观灯胜地。姜夔《鹧鸪天・正月十一日观灯》《灯词四首・其三》等都写了沙河观灯之事。《鹧鸪天・正月十一日观灯》词云：

巷陌风光纵赏时，笼纱未出马先嘶。白头居士无呵殿，只有乘肩小女随。

花满市，月侵衣，少年情事老来悲。沙河塘上春寒浅，看了游人缓缓归。[②]

元宵节是中国最为重要的传统节日之一，自古以来便有赏灯习俗，宋代较之唐代更胜。宋周密《武林旧事》卷二记载，南宋时“禁中自去岁赏菊灯之后，迤逦试灯，谓之‘预赏’。一入新正，灯火日盛”[③]。此词有题“正月十一日观灯 ”，词中所写乃上元节前之预赏。沙河塘上张灯结彩，巷陌风光，士庶游赏。宋吴自牧《梦粱录》卷一“元宵”云：“公子王孙，五陵年少，更以纱笼喝道，将带佳人美女，遍地游赏。”[④]词中，

① 唐圭璋：《全宋词》第四册，中华书局，1965 年，第 2995 页。

② 唐圭璋：《全宋词》第三册，中华书局，1965 年，第 2172 页。

③ 周密（著），钱之江（校注）：《武林旧事》，浙江古籍出版社，2011 年，第 37 页。

④ 吴自牧：《梦粱录》，浙江人民出版社，1980 年，第 4 页。

“巷陌风光纵赏时，笼纱未出马先嘶”道出了王孙公子外出观灯的华贵气派；“白头居士”则笔锋一转，写词人自己的赏灯情形。

姜夔屡试不第，布衣终老，一生漂泊流离，以清客身份出入仕宦名流之家。宋宁宗庆元三年（1197），姜夔四十三岁，得张俊之孙张镃相助，移家至都城临安，居于吴山东麓临近沙河闹市[①]。与前呼后拥、热闹出行的王孙贵胄相比，姜夔是年老而功名未就的“白头居士”；身边也没有随从，只有肩上小女陪伴，心中寂寥，苦乐相掺。在这热闹的灯夕之夜，沙河塘上灯火辉煌，繁花满市，月光洒落，一片旖旎。词人不禁回忆起少年情事，由此更加感叹如今物是人非，徒留悲戚。踏着沙河塘上的浅浅春寒，看着缓缓归去的游人，词人也心冷情寂。这首词，起于热闹，归于冷寂，寄寓了词人起伏变化的节日心情，也展现了节日中沙河灯市的热闹与热闹过后的冷寂。此词之外，姜夔又有《灯词》诗，其三云，“沙河云合无行处，惆怅来游路已迷。却入静坊灯火空，门门相似列蛾眉”[②]，亦写沙河灯市游赏，情调亦是萧瑟。

清河坊夜景（池方越　摄）

① 江弱水：《一个人的情人节：姜白石的元宵词》，载《书城》，2005年4月，第55页。
② 傅璇琮等：《全宋诗》卷二七二四，北京大学出版社，1998年，第22059页。

诗人杨万里在《和陈蹇叔郎中乙巳上元晴和》中也写到了临安沙河灯市的繁华景象，诗云：

御柳梢头晚不风，官梅面上雪都融。如何阊阖新春夜，顿有芙蕖满眼红。

十里沙河人最闹，三千世界月方中。买灯莫费东坡纸，今岁鳌山不入宫。①

元宵节之时的临安，据《西湖老人繁胜录》记载，“南至龙山，北至北新桥，四十里灯光不绝。城内外有百万人家，前街后巷，僻巷亦然，挂灯或用玉栅，或用罗帛，或纸灯，或装故事，你我相赛”②，竟夕不眠，非常繁华。其中，十里沙河最为热闹，大千世界，都笼罩在这皓月华彩之中。在本诗中，作者结句反用东坡纸之典，以描写沙河灯市的精美盛大。宋神宗熙宁四年（1071）正月，宫中要买“浙灯”四千余盏，并令减价强行收购。时任开封府推官的苏轼上《谏买浙灯状》，指出：“陛下以耳目不急之玩，而夺其口体必用之资。卖灯之民，例非豪户，举债出息，畜之弥年，衣食之计，望此旬日。陛下为民父母，唯可添价贵买，岂可减价贱酬！”③状上，买灯之事竟罢。

沙河塘是宋代民众的游乐之地，这里遍布各色商品交易，旅店、茶肆、酒馆等服务业也分布广泛，异常发达。方蒙仲的《消梅》诗展现了四月沙河市上贩卖梅子的场景：“四月沙河市，青盆雪色盐。吴儿甘美饫，可是喜酸咸。”④杨炎正的《钱塘迎酒歌》则记录了沙河塘“香尘冉冉”的绮艳情调。

杨炎正，吉州庐陵（今江西吉安）人，杨万里族弟，宁宗庆元二年

① 傅璇琮等：《全宋诗》卷二二九三，北京大学出版社，1998年，第26321页。
② 耐得翁：《西湖老人繁胜录》，中国商业出版社，1982年，第1页。
③ 苏轼（著），孔凡礼（点校）：《苏轼文集》卷二十五，中华书局，1986年，第727页。
④ 傅璇琮等：《全宋诗》卷三三五一，北京大学出版社，1998年，第40051页。

（1196）进士。《钱塘迎酒歌》以歌行体式描绘了钱塘歌妓装束一新，沙河市上香尘冉冉、万人争看的迎酒场面。其序云："闰八月二十有六日，官妓迎酒，联镳穿市，观者如堵。作《迎酒歌》，以发同观诸公一笑云。"

《钱塘迎酒歌》全文如下：

钱塘妓女颜如玉，一一红妆新结束。问渠结束何所为，八月皇都酒新熟。酒新熟，浮蛆香，十三库中谁最强。临安大尹索酒尝，旧有故事须迎将。翠翘金凤乌云髻，雕鞍玉勒三千骑。金鞭争道万人看，香尘冉冉沙河市。琉璃杯深琥珀浓，新翻曲调声摩空。使君一笑赐金帛，今年酒赛真珠红。画楼突兀临官道，处处绣旗夸酒好。五陵年少事豪华，一斗十千谁复校。黄公垆下谩徜徉，何曾见此大堤倡。惜无颜公三十万，往醉金钗十二行。[①]

沙河塘客舍林立，南宋时举子应举备考时也常选此地驻足。许及之《高秀才绅十年前有同邸之旧以剑名堂求诗》诗云："沙河灯火暗残更，客舍犹闻讽诵声。科举累人须要了，词章似子岂无成。勋名合是男儿事，通塞能忘造化情。莫向斗牛占气采，夜深只愿少微明。"[②]许及之与高秀才十年前曾同在临安沙河塘邸舍备考，对此许诗人回忆道，直至沙河灯火暗淡，仍能听到友人的琅琅书声。身处都城繁华的沙河闹市而能不受外界干扰、专心学业，确属难得，难怪刘克庄在《送方清孙参学》中劝诫道："须求沂水风雩乐，勿爱沙河夜市繁。"[③]家铉翁也曾与友人在上元时寓居临安沙河客舍，其在诗中回忆这段时光，令人可想见当日繁华。其诗云："沙河红烛暮争然，花市清箫夜彻天。客舍风光如昨梦，帝城歌酒又经年。"[④]

---

① 傅璇琮等：《全宋诗》卷二六四九，北京大学出版社，1998 年，第 31034 页。
② 傅璇琮等：《全宋诗》卷二四五〇，北京大学出版社，1998 年，第 28351 页。
③ 傅璇琮等：《全宋诗》卷三〇四三，北京大学出版社，1998 年，第 36292 页。
④ 傅璇琮等：《全宋诗》卷三三四四，北京大学出版社，1998 年，第 39954 页。

沙河的繁华热闹是南宋都城临安绚烂的尘世风景。诗人汪梦斗在宋末离乱后与友人相逢，不禁回忆起年少时他们共客临安之岁月，正所谓“少年红烛照银卮，颇忆沙河共客衣”[①]。时事变换，让沙河从个人记忆转变为时代标记，蕴含着时人千回百转、复杂难言的情思。

南宋临安御街今景（池方越　摄）

南宋灭亡后，诗人方回登上临安的西城门涌金门眺望，心中不免感慨万千。正如他在《涌金门城望五首》（其三）中所云：“天回地转事云轮，湖葑山榛色渐陈。坠珥遗钿如隔世，欹楼倾榭最愁人。一钱物变千钱直，十户民惊九户贫。犹有沙河塘上路，卖花声作旧时春。”[②]世事变化，湖山色陈，繁华不再，士民惊扰，但诗人却听到曾经繁华的沙河塘上，仍传来与旧日一般无二的卖花声。残酷的战争与坚忍的生活，朝代的更迭与个人的命运，沙河塘上的春花叫卖，饱含了多少辛酸遗憾，又

① 傅璇琮等：《全宋诗》卷三五四二，北京大学出版社，1998 年，第 42365 页。

② 傅璇琮等：《全宋诗》卷三四九〇，北京大学出版社，1998 年，第 41569 页。

似乎透露着生活中的隐隐希望。

宋末著名爱国诗人刘辰翁作有《宝鼎现·春月》词，词分三叠，分别写北宋、南宋及宋亡后元宵节的场景，以相同的节庆，穿越不同的时空，在今昔对比之中，表现怅恨遗憾之情。词云："红妆春骑。踏月影、竿旗穿市。望不尽、楼台歌舞，习习香尘莲步底。箫声断、约彩鸾归去，未怕金吾呵醉。甚辇路、喧阗且止。听得念奴歌起。父老犹记宣和事。抱铜仙、清泪如水。还转盼、沙河多丽。滉漾明光连邸第。帘影冻、散红光成绮。月浸葡萄十里。看往来、神仙才子。肯把菱花扑碎。肠断竹马儿童，空见说、三千乐指。等多时春不归来，到春时欲睡。又说向、灯前拥髻。暗滴鲛珠坠。便当日、亲见霓裳，天上人间梦里。"①

该词第一叠描写北宋汴京元宵节士女游赏的繁华盛景，正所谓"父老犹记宣和事"，作者在此怀着对北宋盛世的留恋与遐思。第二叠转入对南宋元宵节的描写，南宋在诗人心目中虽已不能再现北宋盛世，但其承平百年，元宵节的沙河灯市也还是明朗绚丽、繁华热闹、笙歌不绝的。尽管如此，对于家国破碎、异族统治下的宋朝遗民而言，春难归来，元宵节早已繁华难现，"沙河多丽"的南宋元夕之景，不过如梦华一般，成为过往岁月的美丽投影。

沙河塘开凿于唐，兴于北宋，盛于南宋，衰于宋末，诗人们游赏于兹，诗笔所记录之沙河反映了士人丰富的都市生活，也见证了有宋一代杭州的都市繁华。沙河的诗意内涵随着时代而变迁，也保留了诗人独特的经历与鲜明的个性，蕴含着丰富的情感内核。

---

① 唐圭璋：《全宋词》第五册，中华书局，1965 年，第 3214 页。

鼓楼（旧名“朝天门”）（池方越　摄）

第三章　柳永水路行旅词的创作及审美意韵

宋朝结束了唐末以来的分裂局面，宇内复归一统，中国的朝代史开启了新的篇章。唐宋之别，先是在定都上展现出了不同。唐朝定都长安，有山河之胜，宋朝则延续后周，选择在漠漠平原的开封建都，其中很大程度是受到了运河的影响。开封其地，无关河之险，但几条运河交汇于此，形成了以开封为中心向外辐射的布局，开封以其交通枢纽的地位得漕运经济之便，进而跃升为政治中心。开宝九年（976），宋太祖赵匡胤意欲迁都洛阳，反对声之中便有这样的理由："汴都岁漕江淮米四五百万斛，赡军数十万计，帑藏重兵在焉。陛下遂欲都洛，臣实未见其利。"[①]赵匡胤最终放弃迁都固然有诸多影响因素，但开封占运河之便自然也在其考虑之中，可见宋朝君臣对运河带来的漕运便利及相关效益非常重视。

宋代的运河，以汴河、惠民河、广济渠及金水河最为重要，这几条运河流经开封，以开封为中心，向外辐射开来。其中，汴河的运输量远超其他诸河，沿河街道，市廛栉比，特为繁荣，也最为宋人重视[②]。宋画名作——张择端的《清明上河图》，即描绘了开封城内外汴河两岸的世情风貌。宋代运河将江南米粮货物供运至京，由汴河南行，经淮水，入邗沟，历长江，再经江南运河、浙东运河，将江南富庶之地与京师开封连接起来。周邦彦《汴都赋》谓之："于是自淮而南，邦国之所仰，百姓之所输，金谷财帛，岁时常调，舳舻相衔，千里不绝，越舲吴艚，官艘贾舶，闽讴楚语，风帆雨楫，联翩方载，钲鼓镗铪，人安以舒，

① 王偁：《东都事略》卷二十八，《李怀忠传》，齐鲁书社，2000 年，第 227 页。
② 史念海：《中国的运河》，山东人民出版社，2022 年，第 172 页。

国赋应节。”[①]

宋代运河在漕运之外，也是当时士人公私行旅的重要路径。宋代水路发达，水路行走较车马奔劳更为舒适清闲，宋人南来北往，如干谒、赴考、外任、行旅等，多择水路出行，假道运河。所以很多诗词的创作环境、吟咏对象也都与运河相关，诸如送别、行旅、城市风貌等题材，则更是成为集中展现运河与宋人日常生活、文学创作等互动关系的重要窗口。

柳永是第一个在词中大量写入运河元素的词人。柳永早年流连汴京，曾多次参加科举考试，直到宋仁宗景祐元年（1034）中举，此时已年过半百的柳永这才步入仕途，开始了驱驱行役、游宦四方的羁旅生活。柳永中举之后，仕途之路并不亨通，先后迁转于江浙一带，初任睦州团练推官，后为泗水判官。磨勘改官后，他又曾往陕西任地方官。明万历《镇江府志》卷三六曾引柳永之侄所作《宋故郎中柳公墓志》残文，谓柳永曾任西京灵台令；罗烨《新编醉翁谈录》庚集卷三，谓柳永曾宰华阴。此外，根据柳词透露的信息，如词中频繁出现“楚天”“楚江”“楚客”“楚台”“楚谢”“楚调”“潇湘”等，说明柳永应还曾游宦于荆湘一带。

柳永所任皆为地方小官，宦游地域广泛，风尘仆仆，感慨生之，以行旅之人的视角对山路水途的记述，以及情感旨归方面对仕途人生的感慨，让柳永这部分有关羁旅行役的词作（一改早年的烟花之作）成为其《乐章集》中雅俗兼具的典范作品，为历代词家、词评家所称道。南宋陈振孙评柳永“尤工于羁旅行役”[②]，可见宋人对柳永的此类词作已有认识。清陈廷焯《词坛丛话》曰：“秦写山川之景，柳写羁旅之情，俱臻绝顶，有不可以言语形容者。”[③]其对柳永羁旅行役词作的评价更高。在今人王兆鹏、郁玉英所列的《宋词经典名篇前一百名》统计表中，柳永有三首

① 曾枣庄、刘琳：《全宋文》卷二七七四，上海辞书出版社、安徽教育出版社，2006 年，第 220 页。

② 陈振孙：《直斋书录解题》，上海古籍出版社，1987 年，第 616 页。

③ 唐圭璋：《词话丛编》第四册，中华书局，1986 年，第 3721 页。

词入选，其中属羁旅行役之作的《雨霖铃》《八声甘州》分别列第5位、第37位，足见其作历来之影响力。

值得一提的是，这些羁旅佳篇中有不少与运河有着千丝万缕的联系，其或创作于兹，或描写沿河风貌，或抒发水路行旅感慨。从运河的视角来重新观看柳永的羁旅词作，考订行踪，还原词作创作的历史场域，对于加深对柳词的艺术理解，探求宋人之日常生活与文学创作，不失为一个新鲜而有趣的尝试。

柳永前半生流连汴京，后半生风尘行役，迁转各地。从汴京离开到地方赴任宦游，有水路、陆路这两种方式可供选择。北宋的陆路交通大多沿用唐代旧有的道路体系：由开封向北，渡过黄河，可达大名府、真定府、燕山府、太原府等河北山西地区；向西，可达京兆府、凤翔府、秦州等甘陕地区；向西南，穿越秦岭，可达兴元府、利州、成都府等四川地区；向南，经襄州下江陵或鄂州，进而可南下潭州、衡州、贵州等湘湖广南地区；向东南，经蔡州至寿州，可达山东淮南地区，经江州、洪州、虔州可南下岭南地区。水路方面，除黄河、淮河、长江等天然水道外，宋代交通主要依靠汴河、蔡河、五丈河及金水河等运河河道，相互沟通，抵达四方，“派引脉分，咸会天邑，舳舻相接，赡给公私”[①]。汴河主要连接京师与江南，惠民河维系汴京与西南地区的联系，广济渠沟通汴京与齐鲁一带，金水河则是接济其他运河的主要水源[②]。

柳永磨勘改官后曾前往陕西一带任官，所以其词中尝见“长安古道马迟迟”“匆匆策马登途……冒征尘远况，自古凄凉长安道”等句，书写陆路行走之情形。柳永迁转宦游于江浙荆湘一带后，此期所作颇多，其在词中更多地展现的是水路行旅之情形。宋孟元老《东京梦华录》云：“（汴河）自西京洛口分水入京城，东去至泗州入淮，运东南之粮，凡东

① 脱脱等：《宋史》卷九三，《河渠三》，中华书局，2000年，第1560页。

② 开封水陆交通部分，详参张锦鹏：《南宋交通史》，上海古籍出版社，2008年，第44页；史念海：《中国的运河》，山东人民出版社，2022年，第172页。

南之物，自此入京城，公私仰给焉。”[①]北宋士人南下江浙，所走亦是这条航道：经汴河入淮河，经邗沟入长江，再经江南运河来到苏杭之地。

从汴京往荆湘，可向南沿陆路出行，但由于水路旅行较为轻松，因此即使其较陆路时间更长，但当时士人仍喜择水路前往，如欧阳修于景祐三年（1036）被贬为夷陵令赴任时，就选择了日程更长的水路。他从开封经运河入长江，溯江而上，抵达夷陵，“沿汴绝淮，泛大江，凡五千里，用一百一十程，才至荆南”[②]。北宋杨亿《阁门钱舍人知全州》诗云：“家传吴越贤王后，郡压潇湘最上游。三殿从来奉宸扆，一麾今去典方州。蝉吟高柳隋堤暮，水涨平湖楚泽秋。入境壶浆填候馆，上官铙吹夹华辀。山川遍历骚人地，宵旰遐分圣主忧。应向桑郊停五马，青春太守本风流。”[③]诗中也记载了其友人由汴京经运河水路前往荆湖南路全州（今广西全州）的情形。

柳永宦游荆湘一带时，大抵也选择了自汴京经运河溯长江的水路舟行方式，对此柳词虽不如欧阳修《于役志》那样记载得详细，但其中也多有线索显现。前往江浙荆湘一带，皆要取道运河，柳词中的这部分作品生动地记载了宋人的水上行旅与沿途风情。

一、柳永的南行路线

一段旅程往往由酣畅的宴饮与不舍的分离开启，柳永词中为我们保留了不少歧路送别的作品，其中涉及水边送行的共有五首，分别为《雨霖铃·寒蝉凄切》、《迷神引·红板桥头秋光暮》、《引驾行·虹收残雨》、《采莲令·月华收》和《倾杯·离宴殷勤》，展现了宋人宴饮送别水路行旅的生活画卷。

《雨霖铃·寒蝉凄切》、《迷神引·红板桥头秋光暮》和《引驾行·虹

---

① 孟元老（撰），伊永文（笺注）：《东京梦华录笺注》，中华书局，2007年，第24页。
② 欧阳修：《欧阳修全集》，中国书店，1986年，第1005—1010页。
③ 傅璇琮等：《全宋诗》卷一一七，北京大学出版社，1998年，第1357页。

收残雨》三词为沿汴河离京之作，有词云“都门帐饮无绪”“红板桥头秋光暮”“背都门、动消黯”。所谓都门，指的是汴京东南之东水门。宋孟元老《东京梦华录》卷一中说：“东城一边，其门有四。东南曰东水门，乃汴河下流水门也，其门跨河，有铁里窗门，遇夜如闸垂下水面，两岸各有门通人行路。”①宋人经汴水南下，多于此地设帐宴饮分别。

《迷神引 ·红板桥头秋光暮》中的“红板桥”，应当也有其指。尽管宋元方志中似未见有“红板桥”之地名，但据后“波急隋堤远，片帆举”诸语，此红板桥或指汴京西之板桥，时人常于此饯别送行。宋孟元老《东京梦华录》卷六云：“收灯毕，都人争先出城探春……州西新郑门大路，直过金明池西道者院，院前皆妓馆。以西宴宾楼，有亭榭，曲折池塘，秋千、画舫，酒客税小舟，帐设游赏。相对祥祺观，直至板桥，有集贤楼、莲花楼，乃之官河东，陕西五路之别馆，寻常饯送置酒于此。过板桥有下松园、王太宰园、杏花冈。”②

又，清王士祯《香祖笔记》卷五云：“《丹铅录》云：‘《丽情集》载湖州妓周德华者，刘采春女也，唱刘梦得《柳枝词》云云。此诗甚佳，而刘集不载。’余按此乃白乐天诗，诗本六句，非绝句，题乃《板桥》，非《柳枝》……白诗云：‘梁苑城西三十里，一渠春水柳千条。若为此路今重过，二十年前旧板桥。曾与美人桥上别，更无消息到今朝。’板桥在今汴梁城西三十里中牟之东，唐人小说载板桥三娘子事即此。与谢玄晖之‘新林浦板桥’异地而同名也。升庵博极群书，岂未睹《长庆集》者，而亦有此误耶？”③

由汴京沿着汴河南下，沿途映入眼帘的，便是运河边的拂堤垂柳。《隋书·食货志》载：“炀帝即位，开渠引谷、洛水自苑西入，而东注于洛。又自板渚引河，达于淮海，谓之御河。河畔筑御道，种以柳。”④隋炀帝

① 孟元老（撰），伊永文（笺注）：《东京梦华录笺注》，中华书局，2007年，第1页。
② 孟元老（撰），伊永文（笺注）：《东京梦华录笺注》，中华书局，2007年，第612—613页。
③ 王士祯：《香祖笔记》，学苑出版社，2001年，第222页。
④ 魏徵等：《隋书》，中华书局，1973年，第671页。

从洛阳往江都巡游，开通通济渠，因其主干在汴水一段，又称汴河。因汴河沿岸尽植柳树，于是“隋堤柳”便成为诗词中典型的运河风物。唐刘禹锡《杨柳枝》云：“炀帝行宫汴水滨，数枝杨柳不胜春”[①]；唐白居易《隋堤柳》云“大业年中炀天子，种柳成行夹流水。西自黄河东至淮，绿阴一千三百里”[②]，更是生动描绘了唐代“绿阴千里”的汴河风光。对隋堤柳的吟咏，至宋不绝，北宋王禹偁《送李中舍罢萧山赴阙》诗中道：“吴苑醉逢梅弄雪，隋堤吟见柳垂烟”[③]；北宋丁谓《柳》诗云：“翠幄隋堤密，金丝蜀道赊”[④]。可见待到北宋时，中唐时期“风飘飘兮雨萧萧，三株两株汴河口”[⑤]的衰朽姿态早已更新，竟是一番生机勃勃的杨柳图景了，正所谓“柳阴直，烟里丝丝弄碧。隋堤上……拂水飘绵送行色”[⑥]。

《雨霖铃·寒蝉凄切》、《迷神引·红板桥头秋光暮》和《引驾行·虹收残雨》这三首词的出行目的地为江南，所谓“暮霭沉沉楚天阔”“吴邦越国”。“楚天楚水”是柳词中常常出现的地名意象，柳永曾于荆湘一带宦游，柳词中的“楚天楚水”部分指荆楚两湖一带，当然也有部分乃是对江淮江南一带的泛称。因此，历来人们对柳词中“楚天”的解释也存在争议。例如，对于《雨霖铃·寒蝉凄切》中的“暮霭沉沉楚天阔”，有注家解为楚水湘云的荆湘一带，有注家以为在江浙一带；有注家为弥合二说，释之为“江南一带，皆故楚地”。然而，针对此说，亦有学者提出异议，如吴世昌《词林新话》即指出：“安徽已是‘吴头楚尾’，江南非‘皆故楚地。’”[⑦]要解答笺释中遇到的这个问题，可能还需要回到柳永《乐章集》涉及“楚地”的作品体系中去作一番考察。试看下列二词，在出现“楚客”“楚江”等楚地字眼时，同时出现了“翠峰十二”“平沙雁”

① 彭定求等：《全唐诗》卷三六五，中华书局，1960 年，第 4113 页。

② 彭定求等：《全唐诗》卷四二七，中华书局，1960 年，第 4708 页。

③ 傅璇琮等：《全宋诗》卷六三，北京大学出版社，1998 年，第 697 页。

④ 傅璇琮等：《全宋诗》卷一〇二，北京大学出版社，1998 年，第 1153 页。

⑤ 彭定求等：《全唐诗》卷四二七，中华书局，1960 年，第 4708 页。

⑥ 唐圭璋：《全宋词》第二册，中华书局，1965 年，第 611 页。

⑦ 吴世昌（著），吴令华（辑注），施议对（校）：《词林新话（增订本）》，北京出版社，2000 年，第 123 页。

等标志性的地域景观。

《卜算子》

江枫渐老，汀蕙半凋，满目败红衰翠。楚客登临，正是暮秋天气。引疏砧、断续残阳里。对晚景、伤怀念远，新愁旧恨相继。

脉脉人千里。念两处风情，万重烟水。雨歇天高，望断翠峰十二。尽无言、谁会凭高意。纵写得、离肠万种，奈归云谁寄。①

《迷神引》

一叶扁舟轻帆卷。暂泊楚江南岸。孤城暮角，引胡笳怨。水茫茫，平沙雁、旋惊散。烟敛寒林簇，画屏展。天际遥山小，黛眉浅。

旧赏轻抛，到此成游宦。觉客程劳，年光晚。异乡风物，忍萧索、当愁眼。帝城赊，秦楼阻，旅魂乱。芳草连空阔，残照满。佳人无消息，断云远。②

《卜算子》一词中，"翠峰十二"指巫山十二峰，巫山在四川、湖北两省边境，北与大巴山相连，形如"巫"字，长江穿流其中，形成三峡。关于十二峰的峰名，历来说法不一，宋祝穆《方舆胜览》载十二峰为："望霞、翠屏、朝云、松峦、集仙、聚鹤、净坛、上升、起云、飞凤、登龙、圣泉。"③元刘埙《隐居通议》卷二九载："巫山十二峰，口习随闻熟矣，终未悉其何名。今因《蜀江图》所载，始得其详。曰独秀，曰笔峰，曰集仙，曰起云，曰登龙，曰望霞，曰聚鹤，曰栖凤，曰翠屏，曰盘龙，曰松蛮，曰仙人。"④在文学史上，宋玉《高唐赋》"巫山神女"之典而影响深远。巫山是典型的楚地景观。

---

① 柳永（著），陶然、姚逸超（笺注）：《乐章集校笺》，上海古籍出版社，2019 年，第 261 页。

② 柳永（著），陶然、姚逸超（笺注）：《乐章集校笺》，上海古籍出版社，2019 年，第 548 页。

③ 祝穆（撰），祝洙（增订），施合金（点校）：《方舆胜览》，中华书局，2003 年，第 1010 页。

④ 详见刘埙所作之《隐居通议》，清嘉庆四年桐川顾氏刻读画斋丛书本。

又,《迷神引》中有“平沙雁”句，或与潇湘八景“平沙落雁”相关。沈括《梦溪笔谈》记载：“度支员外郎宋迪工画，尤善为平远山水，其得意者，有平沙雁落、远浦帆归、山市晴岚、江天暮雪、洞庭秋月、潇湘夜雨、烟寺晚钟、渔村落照，谓之八景。好事者多传之。”[①]

可见，此二词中的楚地，当指两湖荆湘一带。曾大兴《柳永宦迹游踪考述》一文通过对地名的精确考索，判定柳永足迹曾达两湖地区，该文考察柳词《竹马子・登孤垒荒凉》中的“江城”“南楼”后认为，此二地在今湖北省武汉市武昌黄鹄山。其又通过对《轮台子・雾敛澄江》中“九嶷山”与“斑竹”的考订，考证柳永曾行经今湖南宁远（宋时属道州）[②]。此外，部分词作中出现“高阳客”“宋玉”“南浦”“汀渚”“兰芷”等楚辞化表达，也并非泛泛而作，而是多为描写荆楚风光的作品。那么，柳词中的“楚天”不可认为皆指涉两湖一带，其原因又何在呢？这是因为柳词中还曾出现过“淮楚”“楚乡淮岸”等表达，如这首《过涧歇近》。

淮楚。旷望极、千里火云烧空，尽日西郊无雨。厌行旅。数幅轻帆旋落，舣棹蒹葭浦。避畏景，两两舟人夜深语。

此际争可，便恁奔名竞利去。九衢尘里，衣冠冒炎暑。回首江乡，月观风亭，水边石上，幸有散发披襟处。[③]

学界对于柳词中“淮楚”的解释，主要有三种看法：一是位于今江浙皖一带。二是指淮河一带的楚地。淮河一带，古为楚国之地，故称。三是指淮安、扬州一带。虽以上所言地域范围有大小之别，但这几种解释大概所指皆江淮一带，其称楚地缘由，就在于春秋战国时期此地曾属楚地。我们不妨借姜夔《杏花天影》词，来看看宋人观念中“淮楚”之所指。

① 沈括：《梦溪笔谈》，岳麓书社，2002 年，第 121—122 页。
② 曾大兴：《柳永宦迹游踪考述》，载《广州大学学报》，2003 年第 6 期，第 21—26 页。
③ 柳永（著），陶然、姚逸超（笺注）：《乐章集校笺》，上海古籍出版社，2019 年，第 444 页。

《杏花天影》

丙午之冬，发沔口。丁未正月二日，道金陵。北望淮楚，风日清淑，小舟挂席，容与波上。

绿丝低拂鸳鸯浦。想桃叶、当时唤渡。又将愁眼与春风，待去。倚兰桡、更少驻。

金陵路。莺吟燕舞。算潮水、知人最苦。满汀芳草不成归，日暮。更移舟、向甚处。①

姜夔在这首《杏花天影》中，言其自汉水出发，途经金陵，北望淮楚，可知淮楚在宋人的版图位置大略在淮安扬州一带。柳永《乐章集》中除《过涧歇近》外，还在《河传・淮岸》《安公子・长川波潋滟》两首词中叙写了江淮一带的风光。

《河传・淮岸》

淮岸。向晚。圆荷向背，芙蓉深浅。仙娥画舸，露渍红芳交乱。难分花与面。

采多渐觉轻船满。呼归伴。急桨烟村远。隐隐棹歌，渐被蒹葭遮断。曲终人不见。②

《安公子・长川波潋滟》

长川波潋滟。楚乡淮岸迢递，一霎烟汀雨过，芳草青如染。驱驱携书剑。当此好天好景，自觉多愁多病，行役心情厌。

望处旷野沈沈，暮云黯黯。行侵夜色，又是急桨投村店。认去程将近，舟子相呼，遥指渔灯一点。③

《过涧歇近》、《河传　・淮岸》和《安公子・长川波潋滟》这三首词

① 唐圭璋：《全宋词》第三册，中华书局，1965 年，第 2173 页。
② 柳永（著），陶然、姚逸超（笺注）：《乐章集校笺》，上海古籍出版社，2019 年，第 590 页。
③ 柳永（著），陶然、姚逸超（笺注）：《乐章集校笺》，上海古籍出版社，2019 年，第 449 页。

在《乐章集》中显得较为特别，词中描绘的不再是柳永在羁旅行役词中所擅长抒写的秋景秋思，而是书写了词学传统中较为小众的夏日风光，再现了其沿水路南下所见的生动风景，当为同期纪行作品[①]。在唐五代词作中，春闺春怨是词人笔下偏爱的书写内容，夏季在词学传统中并不是充满诗意的季节。早期的夏日词在意象上常常选取夏日的季候风物——荷花、莲叶，但在词情与艺术形象方面，仍未突破春词中表现女子闺情及女性形象的传统，如毛文锡吟咏夏日闺愁的《诉衷情》，诗云："鸳鸯交颈绣衣轻。碧沼藕花馨。偎藻荇，映兰汀。和雨浴浮萍。思妇对心惊。想边庭。何时解珮掩云屏。诉衷情。"[②]李珣的《南乡子》则描写了典型的夏日女性形象"采莲女"，诗云："乘彩舫，过莲塘。棹歌惊起睡鸳鸯。游女带香偎伴笑。争窈窕。竞折团荷遮晚照。"[③]柳永涉及淮楚风景的夏日词作，打破了《花间》夏日词狭窄的视域与单一的词情，将视野由闺帷推演至江湖，有"旷望极、千里火云烧空，尽日西郊无雨"之雄奇，有"长川波潋滟。楚乡淮岸迢递，一霎烟汀雨过，芳草青如染"之清丽。情感方面，柳词更是跳脱出女子的闺情与艳情，抒发了士人炎暑天气奔波于旅途中的烦厌躁闷，发出了对人生的喟叹和思考，正所谓"此际争可，便恁奔名竞利去。九衢尘里，衣冠冒炎暑"；进而生出归隐之情，正所谓"水边石上，幸有散发披襟处"。柳永行旅词对江淮夏日风景的书写，突破了花间夏日词的藩篱，以羁旅士人行旅途中真实的所见所闻、所思所感拓展了词的内容和境界，而其间氤氲着的夏日气息，又让这些词作呈现出与柳永之羁旅秋思词所不同的审美情调。

上述三首词中的"淮楚""淮岸""楚乡淮岸"所指地域应当相同，其中，"淮楚""楚乡淮岸"的表达呈现出偏义复合的特点，用义偏在

① 据柳永侄柳淇所撰《宋故郎中柳公墓志铭》中之"叔父讳永……为泗州判官"，考订这些作品是柳永赴任泗州所作，写的是淮泗风光。曾大兴：《柳永宦迹游踪考述》，载《广州大学学报》，2003 年第 6 期，第 21—26 页。

② 曾昭岷、曹继平、王兆鹏：《全唐五代词》，中华书局，1999 年，第 539 页。

③ 曾昭岷、曹继平、王兆鹏：《全唐五代词》，中华书局，1999 年，第 600 页。

“淮”的语素上。柳词中频繁出现的“楚乡”，部分指涉江淮，进而用以泛指江南。当柳词言明去往楚地时，也就不能全作两湖荆湘理解，如《雨霖铃》所云：

寒蝉凄切。对长亭晚，骤雨初歇。都门帐饮无绪，留恋处、兰舟催发。执手相看泪眼，竟无语凝噎。念去去、千里烟波，暮霭沉沉楚天阔。

多情自古伤离别。更那堪、冷落清秋节。今宵酒醒何处，杨柳岸、晓风残月。此去经年，应是良辰、好景虚设。便纵有、千种风情，更与何人说？①

词人于都门设宴，乘舟沿汴河南下，词中千里烟波、暮霭沉沉的楚天，是离开京师北地时对烟水渺茫的南国风貌的泛写。在柳永涉“楚”词的体系中，如果没有特定的楚地风物和楚典意象的加持，则柳词中出现的“楚”，多是对江南的泛称。吴熊和先生在《柳词三题》中考察了《雨霖铃·寒蝉凄切》一词中的南行路线，考订此词“无疑是柳永离开汴京，南下江浙时写的……北宋时，自汴京到江南，主要走的是水路。汴京本倚汴水建成。汴水又称汴河、汴渠，北纳黄河，南注淮水。从汴京上船，经汴水入淮，再经运河，渡江到江南。雨霖铃词中写的行程，走的就是这条航线，是汴京通向东南的水运干道……长江中下游一带，春秋时属楚国。自汴京东水门登舟，沿汴河一路南行，即是向‘楚天’进发。”②

与南下相对，柳永词作中还反映了其从地方沿运河前往汴京的行迹，如《采莲令·月华收》所云：

月华收，云淡霜天曙。西征客、此时情苦。翠娥执手送临岐，轧轧开朱户。千娇面、盈盈伫立，无言有泪，断肠争忍回顾。

---

① 柳永（著），陶然、姚逸超（笺注）：《乐章集校笺》，上海古籍出版社，2019年，第155页。

② 吴熊和：《吴熊和词学论集》，杭州大学出版社，1999年，第214—215页。

一叶兰舟，便恁急桨凌波去。贪行色、岂知离绪。万般方寸，但饮恨，脉脉同谁语。更回首、重城不见，寒江天外，隐隐两三烟树。[①]

运河之上·水墨江南（池方越　摄）

这首《采莲令·月华收》，同样描绘了水边送别、乘舟出行的场景。与《雨霖铃·寒蝉凄切》词都门设帐、宴饮相别的场景不同，这次送别显得更加凄清。词人将笔触集中于送行佳人“无言有泪”的哀婉凝望之中，更凸显了征人离别的凄楚断肠。词中有“西征客”之语，暗示了此次的出行路线。北宋人所谓西上、西征、西行，通常作向西行进的含意，如柳词《引驾行》中之“红尘紫陌，斜阳暮草长安道，是离人、断魂处，迢迢匹马西征”[②]，此处的西征主要指柳永曾在陕西一带宦游，长安在汴京之西，乃言。但除通常的西行之外，北宋人的“西征”还往往指由两浙江淮一带沿运河、汴水进京，如贺铸《送毕平仲西上》

① 柳永（著），陶然、姚逸超（笺注）：《乐章集校笺》，上海古籍出版社，2019年，第199页。

② 柳永（著），陶然、姚逸超（笺注）：《乐章集校笺》，上海古籍出版社，2019年，第521页。

云："吟鞭西指凤皇州，好趁华年访昔游……须念江边桃叶女，定从今日望归舟。"[①]此处的凤皇州，即指帝京汴京。周邦彦《西平乐》词序云："元丰初，予以布衣西上，过天长道中。"[②]周邦彦，钱塘杭州人，元丰初由杭州西上，入汴京太学。柳永此词写船行"一叶兰舟，便恁急桨凌波去"，周遭风物"寒江天外，隐隐两三烟树"，其地当在东南一带。陶然师考此词乃柳永自润州经运河赴汴京途中所作[③]。

此外，柳永的《倾杯·离宴殷勤》亦写水边设宴送别，所谓"离宴殷勤，兰舟凝滞，看看送行南浦"[④]。南浦，指南面的水边，《楚辞·九歌》云："子交手兮东行，送美人兮南浦。"[⑤]南朝梁江淹《别赋》道："春草碧色，春水渌波，送君南浦，伤如之何。"[⑥]是故，文学中常以南浦代指送别之地。若作地名实指，则南浦在江西省南昌西南，章江至此分流。唐王勃《滕王阁》诗有云："画栋朝飞南浦云，珠帘暮卷西山雨。"聂文郁注："本诗南浦……应是江西南昌西南的南浦。现存王安石诗有《南浦》一诗，就是写这个南浦的。"[⑦]又谓，南浦在武汉市南，唐李白《江夏行》曰："适来往南浦，欲问西江船。"王琦注引《太平寰宇记》云："南浦，在鄂州江夏县南三里……以其在郭之南，故曰南浦。"[⑧]又，此词有"算人生、悲莫悲于轻别"，出自屈原《楚辞·九歌·少司命》。如前文所述，柳词用楚典时往往有其特定的创作环境，故此词亦当为柳永羁旅江南时期的作品，反映了宋人水边设宴、舟楫出行的生活画卷。

---

① 傅璇琮等：《全宋诗》卷一一〇八，北京大学出版社，1998 年，第 12571 页。

② 唐圭璋：《全宋词》第二册，中华书局，1965 年，第 598 页。

③ 柳永（著），陶然、姚逸超（笺注）：《乐章集校笺》，上海古籍出版社，2019 年，第 202 页。

④ 柳永（著），陶然、姚逸超（笺注）：《乐章集校笺》，上海古籍出版社，2019 年，第 287 页。

⑤ 洪兴祖（撰），白化文等（点校）：《楚辞补注》，中华书局，1983 年，第 78 页。

⑥ 严可均：《全上古三代秦汉三国六朝文》，中华书局，1958 年，第 3142 页。

⑦ 聂文郁：《王勃诗解》，青海人民出版社，1980 年，第 87 页。

⑧ 李白（著），王琦（注）：《李太白全集》，中华书局，2011 年，第 389 页。

运河古镇·西塘（池方越 摄）

二、水路行旅的驿馆之思

古人在水路行旅的途中，往往投宿驿站休憩，馆驿于是成为诗词的重要创作场所，也成为诗词的重要表现空间，进而化身为羁旅行役词的典型意象。当然，馆驿与诗词创作很早就产生了密切的联系①，但其广泛出现在词的表达中，并被寄寓丰富而婉约的词情，却要归功于柳永。

驿传制度是中国古代专门承担接待过往官员和邮递文书的交通制度，故又有邮驿、邮传、传驿、馆驿等称呼。这一制度自殷商创立，其接待和邮递之两种职能向来是合二为一的。唐宋时期，地方驿传制度出现新变化，主要表现在递铺与馆驿的分立。递铺专门承担文书传递的任务，也承担部分运送官物、接待使客的工作；馆驿则主要用于接待过往官员、宾客，为之提供住宿，供给必要物资。其中，馆大部分设于非驿路之干

① 李德辉：《唐宋馆驿与文学》，中西书局，2019年。

线之上，驿则一般设置于驿路上。宋代馆驿之间的距离一般为六十里，此外诸州县还设有公使库，用以招待来往官吏。在驿路疏远的地区，一些寺院辟出部分房舍，也承担了一定的接待功能[①]。馆驿作为接待往来官员宾客的重要场所，是地方政府政绩的重要表征，所以往往受到地方官的重视，一般而言，承平时代的馆驿，尤其是一些重要的大驿，往往建制完善，华丽整洁，院宇宽敞。刘禹锡《管城新驿记》就记载了唐代大驿——管城新驿的营建之精和恢宏状貌："远购名材，旁延世工，暨涂宣皙，瓴甓刚滑，术精于内也。蘧庐有甲乙，床帐有冬夏，庭容牙节，庑卧囊橐，示礼而不愿也。内庖外厩，高仓邃库，积薪就阳，峙刍就燥，有素而不愆也。主吏有第，役夫有区，师行者有飨亭，孥行者有别邸。周以高墉，乃楼其门。劳迎展蠲洁之敬，饯别起登临之思。溱洧波澜，嵩邱云烟，四时万象，来贶于我。走毂奔蹄，遄征急宣，入而忘劳，出必屡顾，其传舍之尤乎！"[②]苏轼所撰之《凤鸣驿记》则记载了陕西凤翔凤鸣馆驿的样貌："视客之所居，与其凡所资用，如官府，如庙观，如数世富人之宅。四方之至者，如归其家，皆乐而忘去。将去，既驾，虽马亦顾其皂而嘶。"[③]该记生动反映了宋代馆驿之一应俱全、华丽舒适。

馆驿根据驿路的水陆之别，又可分为陆驿、水驿以及水陆兼驿。宋代有发达的水运体系，一般来说，在交通线路之上又临水而建的馆驿，属于水驿或水陆兼驿。北宋时期汴河、淮河、江南一带，水驿众多。唐五代词中，涉笔水驿的仅有孙光宪《杨柳枝》词："独有晚来临水驿，闲人多凭赤阑干。"[④]词中表现出了淡淡闲情，水驿在其中更多只具有地理场域的意义。及至宋代，随着词体题材的拓展和词情的丰富，水驿在词中获得了多元的表现空间，如柳永《彩云归》之"蘅皋向晚舣轻航。卸

---

① 曹家齐：《宋代的馆驿和递铺》，载《华夏文化》，1999 年 9 月；陈永华：《试析宋代的旅馆业》，载《商业经济与管理》，2001 年第 5 期。

② 刘禹锡（著），瞿蜕園（笺证）：《刘禹锡集笺证》，上海古籍出版社，1989 年，第 201 页。

③ 苏轼（著），李之亮（笺注）：《苏轼文集编年笺注》，巴蜀书社，2011 年，第 169 页。

④ 曾昭岷、曹继平、王兆鹏：《全唐五代词》，中华书局，1999 年，第 635 页。

云帆、水驿鱼乡”[①]，苏辙《水调歌头》之“今夜清尊对客，明夜孤帆水驿，依旧照离忧”[②]，周邦彦《解连环》之“水驿春回，望寄我、江南梅萼”[③]，等等。作为行旅中人旅程的重要地标，此时的水驿容纳了更加复杂深婉的词人心绪。

如前所述，柳永羁旅之行，不少假道水路，故词中出现了不少表现水驿的作品，下举几例。

《彩云归》

蘅皋向晚舣轻航。卸云帆、水驿鱼乡。当暮天、霁色如晴昼，江练静、皎月飞光。那堪听、远村羌管，引离人断肠。此际浪萍风梗，度岁茫茫。堪伤。

朝欢暮散，被多情、赋与凄凉。别来最苦，襟袖依约，尚有馀香。算得伊、鸳衾凤枕，夜永争不思量。牵情处，惟有临歧，一句难忘。[④]

《倾杯》

鹜落霜洲，雁横烟渚，分明画出秋色。暮雨乍歇。小楫夜泊，宿苇村山驿。何人月下临风处，起一声羌笛。离愁万绪，闻岸草、切切蛩吟如织。

为忆。芳容别后，水遥山远，何计凭鳞翼。想绣阁深沉，争知憔悴损、天涯行客。楚峡云归，高阳人散，寂寞狂踪迹。望京国。空目断远峰凝碧。[⑤]

先看《彩云归》一词，其上片书写了词人水路行旅的沿途风光。傍晚时分，词人停船靠岸，卸下云帆，停泊水驿。此时雨过天晴，暮天如

---

① 柳永（著），陶然、姚逸超（笺注）：《乐章集校笺》，上海古籍出版社，2019 年，第 421 页。

② 唐圭璋：《全宋词》第一册，中华书局，1965 年，第 355 页。

③ 唐圭璋：《全宋词》第二册，中华书局，1965 年，第 597 页。

④ 柳永（著），陶然、姚逸超（笺注）：《乐章集校笺》，上海古籍出版社，2019 年，第 421 页。

⑤ 柳永（著），陶然、姚逸超（笺注）：《乐章集校笺》，上海古籍出版社，2019 年，第 656 页。

昼，澄江练静，月色皎洁，气象阔大沉静。远方的村落飘来忧伤凄切的羌笛声，引起羁旅漂泊、游荡在外的词人心中之无限惆怅与离思。词中，描写了词人在水路行旅之中所看到的水乡风景，将唐五代以来囿于闺阁之词的视野引向了广阔的江湖，使柳词呈现出阔大疏朗的气象。词人乘船行旅，加深了其对仕宦的漂泊之感，他以水中浮萍、风中断梗自喻，与水乡景色、水路出行自然贴合，情感之过渡自然流畅。在这首词中，水驿除了作为水路旅行的行程标志外，这一地理场域还被赋予了凄清孤寂的情感内涵，用以暗寓行旅之人漂泊不定、前途渺茫的忧思。

柳永的《倾杯》“鹜落霜洲”一词，则又展现出宋代水陆兼驿的独特面貌。这首词与《彩云归》结构相仿，上片写旅途之景，下片言相思之情。上片也写了秋光明艳，暮雨乍歇，词人于夜色苍茫之中投宿驿站。词中有“小楫夜泊”之句，可见词人是乘舟沿水路到达驿站的，同时又明确这里是“苇村山驿”，可知词人投宿的驿站大概是一座水陆兼驿，兼有水陆两路相通。此词中驿站意象的内涵与《彩云归》中相同，兼具地理场域与情感场域之二重内涵。

在以上两首词中，“水驿”是较为单纯的词意象，是词人动态行旅中的行程标记，往往与运河或江南一带的水路风光描绘相结合。在下面这几首柳永的羁旅行役词中，水驿则进一步成为一个创作场域，也成为旅情的表现空间。

《倾杯》

水乡天气，洒蒹葭、露结寒生早。客馆更堪秋杪。空阶下、木叶飘零，飒飒声乾，狂风乱扫。当无绪、人静酒初醒，天外征鸿，知送谁家归信，穿云悲叫。

蛩响幽窗，鼠窥寒砚，一点银釭闲照。梦枕频惊，愁衾半拥，万里归心悄悄。往事追思多少。赢得空使方寸挠。断不成眠，此夜厌厌，就中难晓。[①]

① 柳永（著），陶然、姚逸超（笺注）：《乐章集校笺》，上海古籍出版社，2019年，第649页。

这首柳永的《倾杯》“水乡天气”一词，集中描写了词人独宿水驿的思归之情。词中上片写秋日驿馆木叶飘零的萧瑟景象，过片则将视线转向驿馆房中，营造了幽窗寒砚、孤灯闲照的孤馆形象，传达了词人羁旅风尘、漂泊无依的孤寂之感。下面这首《戚氏》，也以驿馆作为传达旅情秋思的典型环境。

晚秋天。一霎微雨洒庭轩。槛菊萧疏，井梧零乱惹残烟。凄然。望江关。飞云黯淡夕阳间。当时宋玉悲感，向此临水与登山。远道迢递，行人凄楚，倦听陇水潺湲。正蝉吟败叶，蛩响衰草，相应喧喧。

孤馆度日如年。风露渐变，悄悄至更阑。长天净，绛河清浅，皓月婵娟。思绵绵。夜永对景，那堪屈指，暗想从前。未名未禄，绮陌红楼，往往经岁迁延。

帝里风光好，当年少日，暮宴朝欢。况有狂朋怪侣，遇当歌、对酒竞留连。别来迅景如梭，旧游似梦，烟水程何限。念利名、憔悴长萦绊。追往事、空惨愁颜。漏箭移、稍觉轻寒。渐呜咽、画角数声残。对闲窗畔，停灯向晓，抱影无眠。①

《戚氏》一词为柳永创调，写的是客馆秋思，共分为三片。清蔡嵩云《柯亭词论》曾总结此词章法：“第一片，就庭轩所见，写到征夫前路。第二片，就流连夜景，写到追怀昔游。第三片，接写昔游经历，仍落到天涯孤客，竟夜无眠情况，章法一丝不乱。”②从词中“望江关”等处可大致判断，词人所宿为水驿或水陆兼驿。词中上片之“一霎微雨洒庭轩。槛菊萧疏，井梧零乱惹残烟”，写的是傍晚驿馆的庭院环境；中片之“孤馆度日如年。风露渐变，悄悄至更阑。长天净，绛河清浅，皓月婵娟。思绵绵”，写的是词人夜宿孤馆的凄清旅情。词人沉沦下僚、仕宦

① 柳永（著），陶然、姚逸超（笺注）：《乐章集校笺》，上海古籍出版社，2019 年，第 405 页。

② 唐圭璋：《词话丛编》，中华书局，1986 年，第 4916 页。

风尘，停宿于驿馆，于夜深人静时，往往旅情催生。在柳永的羁旅行役词中，驿馆是一个典型的创作环境。柳永将“词里的感情从‘春女善怀’转变成了‘秋士易感’”[1]，驿馆便是这种秋思重要的文本空间载体之一，柳永将《花间集》特别是温庭筠词中塑造的女性空间——春闺整体迁移，一变而为表现男性词的经典文本空间——秋馆[2]。水驿作为驿馆中风情独具的类型，在表现秋馆之思的同时，往往又能与江乡景色、山水秋思相结合，构成旅情秋思的叠合表达，孤馆空间与江湖空间的融合与推演，极大地开拓了词体的表现空间，这种书写模式，可以说是柳永对词体的一大贡献。

再论《戚氏》一词中的上片，叙写馆驿庭院环境后，紧接着的是“凄然。望江关。飞云黯淡夕阳间”之句，此乃典型的登高遥望之情景。这是因为古代驿站一般筑有驿楼，以便于登高凭眺，如唐柳宗元《长沙驿前南楼感旧》之“海鹤一为别，存亡三十秋。今来数行泪，独上驿南楼”；又如宋华镇《叶县》之“双凫归去玉京游，尘满东风暗驿楼。唯有汝坟东逝水，春来依旧绿波流”。二诗皆写登临望远所见。词人停驻驿馆，登驿楼远眺，山水迢递，更惹起一种悲秋之叹。生命的流逝悲慨，让仕宦行旅的意义显得更加单薄而虚幻。

三、运河沿岸的风景表达

柳永沿河南下，在他的词中我们不仅可以看到宋人水边送行、驿馆留宿的行旅场景，而且其不少词作也记录了运河沿岸、江浙一带的水乡风光。词人对这些风景的记录，不是娱乐性质的山水游赏，而是随着船行的视角，有着发现的眼光与自然灵动的表达。《洞仙歌》词便记录了词人自汴京沿运河水路南下，初入吴地时所见的江南春景。

① 叶嘉莹：《唐宋词十七讲》，北京大学出版社，2007 年，第 236 页。

② 赵惠俊：《朝野与雅俗：宋真宗至高宗朝词坛生态与词体雅化研究》，复旦大学出版社，2019 年，第 160—166 页。

《洞仙歌》

乘兴，闲泛兰舟，渺渺烟波东去。淑气散幽香，满蕙兰汀渚。绿芜平畹，和风轻暖，曲岸垂杨，隐隐隔、桃花圃。芳树外，闪闪酒旗遥举。

羇旅。渐入三吴风景，水村渔市。闲思更远神京，抛掷幽会小欢，何处。不堪独倚危樯，凝情西望日边，繁华地、归程阻。空自叹当时，言约无据。伤心最苦。伫立对、碧云将暮。关河远，怎奈向、此时情绪。①

水乡春色（池方越 摄）

① 柳永（著），陶然、姚逸超（笺注）：《乐章集校笺》，上海古籍出版社，2019年，第518页。

仕宦羁旅，风尘仆仆，往往令人疲累。但沿水路船行，相对轻松舒适，旅人也时常能有一种闲适乘兴的心态。词人沿运河南下，渐入吴地，此处与北方风貌不同，江南的水村渔市显露出了春天的美好。水边汀渚长满芬芳的花卉，惠风和畅，幽香浸润，岸边绿草丛生，垂杨掩映，远远可见桃花烂漫，芳树之外，闪现酒旗轻摇。虽然下片仍然堕入思帝乡思佳人之柳词的羁旅俗套，但上片以河上视角观照江南春草岸的一段细腻描绘，远近铺陈，在柳词中的确显得清新动人。

在下面这首《夜半乐》中，柳永也有对水路行旅沿河风貌的精彩描写。同样，有别于一般词作中的景色渲染，这类词作更承担着纪行的作用，往往带有旅人的视角。

冻云黯淡天气，扁舟一叶，乘兴离江渚。渡万壑千岩，越溪深处。怒涛渐息，樵风乍起，更闻商旅相呼，片帆高举。泛画鹢、翩翩过南浦。

望中酒旆闪闪，一簇烟村，数行霜树。残日下、渔人鸣榔归去。败荷零落，衰杨掩映，岸边两两三三，浣纱游女。避行客，含羞笑相语。

到此因念，绣阁轻抛，浪萍难驻。叹后约、丁宁竟何据。惨离怀、空恨岁晚归期阻。凝泪眼、杳杳神京路。断鸿声远长天暮。[①]

柳永曾宦游江浙，中举之后，柳永初任睦州（今浙江建德）团练推官。宝元二年（1039）到庆历二年（1042）间，可能任监晓峰盐场（今浙江定海）。磨刊改官之后，柳永可能于庆历三年（1043）末任余杭（今属浙江杭州）令。从行旅路线来看，《夜半乐》这首词或作于柳永自杭州经浙东运河往宁波赴任晓峰盐场途中，所写为自运河入绍兴越溪的这段水路风情。越溪，又名若耶溪，在今浙江绍兴若耶山下，传说为越国西施浣纱之所，亦名浣纱溪。宋《嘉泰会稽志》卷十载，其“在（会稽）县南二十五里”[②]，与浙东运河相连。浙东运河绍萧段为东西流向，连接

① 柳永（著），陶然、姚逸超（笺注）：《乐章集校笺》，上海古籍出版社，2019 年，第 434 页。

② 施宿等：《嘉泰会稽志》卷十，载《宋元方志丛刊》，中华书局，1990 年，第 6880 页。

起浙东地区南北向的三大自然水系，即浦阳江下游钱清江、若耶溪和曹娥江。若耶溪与浙东运河的会稽段交汇在一起，故而若耶溪的下游自古就是水上的交通要道。唐李白《送王屋山人魏万还王屋》，设想魏万畅游台越，其路线便是沿浙东运河经若耶溪到达会稽的，正所谓“遥闻会稽美，且度耶溪水。万壑与千岩，峥嵘镜湖里”；之后再往剡溪而上，“此中久延伫，入剡寻王许。笑读曹娥碑，沉吟黄绢语”[①]。宋陆游《泝溪》诗中有“射的峰前禹庙东，短篷三扇卧衰翁”[②]之句，可见其也是由浙东运河进入若耶溪的。元张可久《少年游·游鉴湖》之“石上棋残，松边曲破，策马入樵风”[③]，写的也是游完鉴湖便从浙东运河入若耶溪樵风泾的情形。可见，由浙东运河入若耶溪是唐宋时人南行的常见路线。

这首《夜半乐》，其上片词中“万壑千岩”写的是越溪风景，同时也是用典。例如，南朝宋刘义庆《世说新语》卷上《言语》第二有云：“顾长康从会稽还，人问山川之美，顾云：‘千岩竞秀，万壑争流，草木蒙笼其上，若云兴霞蔚。’”[④]唐李白《送王屋山人魏万还王屋》有云：“遥闻会稽美，且度耶溪水。万壑与千岩，峥嵘镜湖里。”[⑤]

该词中的下句“怒涛渐息，樵风乍起”，亦用的是越溪典故。樵风，指顺风、好风，在樵风之中眺望岸边风光，则所有景物都在“望中”生发。词人乘兴扬帆，带着流动的、好奇的、欣赏的眼光，看见岸上酒帘在风中闪动，水烟弥漫，笼罩着宁静村落，周遭有数行霜树；夕阳西下，渔人用木棒敲击着船舷归去；浅水滩头，芰荷零落；临水岸边，杨柳掩映；隐约间浣纱的女子，三三两两，相伴归来，她们看到船中陌生的旅客，显得淳朴而羞涩。在此，词人通过自然的笔触，寥寥数笔便勾勒出了越地独特的水乡风光与风土人物。渔人的回归与浣女的可爱，又勾起

① 李白（著），王琦（注）：《李太白全集》，中华书局，2011年，第640页。

② 傅璇琮等：《全宋诗》卷二一六三，北京大学出版社，1998年，第24470页。

③ 唐圭璋：《全金元词》，中华书局，2018年，第935页。

④ 刘义庆（著），刘孝标（注），余嘉锡（笺疏）：《世说新语笺疏》，中华书局，2011年，第127页。

⑤ 李白（著），王琦（注）：《李太白全集》，中华书局，2011年，第640页。

了羁旅漂泊的词人去国离乡的感慨与忧伤。

此外，《归朝欢》中的“别岸扁舟三两只。葭苇萧萧风淅淅。沙汀宿雁破烟飞，溪桥残月和霜白”[①]，写的是水路行旅破晓时分的清冷景色，洗脱凡尘，独具韵味。《六幺令》中的“淡烟残照，摇曳溪光碧。溪边浅桃深杏，迤逦染春色。昨夜扁舟泊处，枕底当滩碛。波声渔笛”，写的是暮色时分的行旅所见，溪光摇曳，春色旖旎。“昨夜扁舟泊处，枕底当滩碛。波声渔笛”[②]，则更是描绘了夜宿舟中、波声渔笛的独体体验。

如前所述，柳永中举后，开始了风尘行役的生活，游宦羁旅成为这段时期柳词之最重要的表现题材，艺术价值也最高。这些作品作于江淮和两浙的居多，多为水路行旅视角，为后人生动展现了运河沿岸及江浙地区的水乡风光。

此外，柳永沿路行旅、驱驱宦游，也创作了不少投赠之作，在这些作品中，词人对运河沿岸重要城市的繁华景象予以了浓墨重彩、热情洋溢的表现，且看下面几首。

《望海潮》

东南形胜，三吴都会，钱塘自古繁华。烟柳画桥，风帘翠幕，参差十万人家。云树绕堤沙。怒涛卷霜雪，天堑无涯。市列珠玑，户盈罗绮竞豪奢。

重湖叠巘清嘉。有三秋桂子，十里荷花。羌管弄晴，菱歌泛夜，嬉嬉钓叟莲娃。千骑拥高牙。乘醉听箫鼓，吟赏烟霞。异日图将好景，归去凤池夸。[③]

---

① 柳永（著），陶然、姚逸超（笺注）：《乐章集校笺》，上海古籍出版社，2019 年，第 196 页。

② 柳永（著），陶然、姚逸超（笺注）：《乐章集校笺》，上海古籍出版社，2019 年，第 553 页。

③ 柳永（著），陶然、姚逸超（笺注）：《乐章集校笺》，上海古籍出版社，2019 年，第 476 页。

这首《望海潮》是柳永以词体写就的一篇杭州赋。据吴熊和先生考证，此词为投赠杭州知州孙沔之作。杭州位于京杭大运河南段，自古繁华，枕潮坐汐，既有壮阔汹涌的钱塘江潮，又有清秀明丽的西湖胜景，其城市更是盛庶。“参差十万人家”，乃总写杭州之物阜民康；“市列珠玑，户盈罗绮竞豪奢”，表现的是杭州的商业繁荣，士民殷富。

西湖荷香（池方越　摄）

下面这首《瑞鹧鸪》，则表现了苏州的风流富庶：

吴会风流。人烟好，高下水际山头。瑶台绛阙，依约蓬丘。万井千闾富庶，雄压十三州。触处青蛾画舸，红粉朱楼。

方面委元侯。致讼简时丰，继日欢游。襦温袴暖，已扇民讴。旦暮锋车命驾，重整济川舟。当恁时，沙堤路稳，归去难留。

苏州是运河沿岸富庶的江南都市，其西南临烟波浩渺的太湖，北望浩浩汤汤的长江，通过江南运河的勾连，沟通南北钱粮商贾，成为江浙一带经济文化特为繁荣的都市之一。词中之“万井千闾富庶”“触处青蛾画舸，红粉朱楼”，就生动展现了运河沿线都市的富庶繁华。

苏州枫桥（池方越　摄）

四、舟楫舟子的意象内涵

水路出行，舟船是基本的交通工具，故而舟船意象在古典诗词中十分普遍。舟船意象的语词载体有很多，如兰舟、兰桡、舟楫、扁舟、画舸、画船、孤帆、片帆等。这些意象，有的带有精美雅致的风格，如冯延巳《喜迁莺》之“忽忆去年离别，石城花雨倚江楼，波上木兰舟”[①]；顾夐《河传》之“天涯离恨江声咽，啼猿切。此意向谁说，倚兰桡。独

① 曾昭岷、曹继平、王兆鹏：《全唐五代词》，中华书局，1999年，第686页。

无憀，魂销，小炉香欲焦”①；欧阳炯《南乡子》之“画舸停桡，槿花篱外竹横桥”②；温庭筠《荷叶杯》之“小船摇漾入花里，波起，隔西风”③。有的侧重于表现人生孤旅的漂泊无依与忧患乡思，如李煜《望江梅》之“千里江山寒色暮，芦花深处泊孤舟，笛在月明楼”④；孙光宪《浣溪沙》之“蓼岸风多橘柚香，江边一望楚天长，片帆烟际闪孤光”⑤；李珣《酒泉子》之“孤帆早晚离三楚，闲理钿筝愁几许”⑥。有的则传达出人生的畅意与不羁，如李珣《鱼哥子》之“鼓清琴，倾渌蚁，扁舟自得逍遥志”⑦。相比唐五代词中的舟船意象，柳词对其的使用更加频繁，舟船作为交通工具的纪行作用在柳词中更加突出，其背后的情感内涵、象征意义也更加深刻。

柳永风尘做役、宦海漂泊，他的词作中有大量对于旅程的书写，所以柳词中的舟船意象在某种程度上超越了唐五代词中舟船的象征性。换言之，舟船在柳词中之意象实现了反向回归，其原始的实用价值与纪行意义得到了一定的凸显。

前文中所提及之兰舟，指的是用木兰树造的船。南朝梁任昉《述异记》卷下云：“木兰川在浔阳江中，多木兰树。昔吴王阖闾植木兰于此，用构宫殿也。七里洲中有鲁般刻木兰为舟，舟至今在洲中。诗家云木兰舟出于此。”⑧因而诗词中常以兰舟作为船的美称，以营造一种精美典丽的婉约氛围。柳永词中的兰舟同样带有典丽色彩，如描写杭州风景的《早梅芳慢》，以“芰荷浦溆，杨柳汀洲，映虹桥倒影，兰舟飞棹”⑨来描

① 曾昭岷、曹继平、王兆鹏：《全唐五代词》，中华书局，1999 年，第 552 页。

② 曾昭岷、曹继平、王兆鹏：《全唐五代词》，中华书局，1999 年，第 451 页。

③ 曾昭岷、曹继平、王兆鹏：《全唐五代词》，中华书局，1999 年，第 125 页。

④ 曾昭岷、曹继平、王兆鹏：《全唐五代词》，中华书局，1999 年，第 756 页。

⑤ 曾昭岷、曹继平、王兆鹏：《全唐五代词》，中华书局，1999 年，第 616 页。

⑥ 曾昭岷、曹继平、王兆鹏：《全唐五代词》，中华书局，1999 年，第 603 页。

⑦ 曾昭岷、曹继平、王兆鹏：《全唐五代词》，中华书局，1999 年，第 598 页。

⑧ 任昉、刘义慶、刘孝標：《钦定四库全书荟要 · 述异记 · 世说新语》，吉林出版集团有限责任公司，2005 年，第 16 页。

⑨ 柳永（著），陶然、姚逸超（笺注）：《乐章集校笺》，上海古籍出版社，2019 年，第 24 页。

写江南绮丽风光。但更多的时候，柳永将出行工具的意义交还给了兰舟，如《雨霖铃》中的“方留恋处，兰舟催发”，《倾杯》中的“离宴殷勤，兰舟凝滞”，《采莲令》中的“一叶兰舟，便恁急桨凌波去”①等，兰舟在这些词中都承担着提示词人水路出行的作用。当词中乘舟出行与佳人送别等元素相续互动时，佳人的绮丽形象开始外溢，此时往往要求选择带有美称性质的兰舟作为舟船工具的艺术表达载体，如上述所举兰舟之例，其在词的章法脉络中都与盈盈泪眼的送别佳人相接续。

同样，在用舟船意象传达漂泊之感的时候，舟船大多最先承担的也是水路行旅的纪行作用。例如，《六么令》云，“昨夜扁舟泊处，枕底当滩碛。波声渔笛。惊回好梦，梦里欲归归不得”；《祭天神》云，“寂寞拥、重衾卧。又闻得、行客扁舟过。篷窗近，兰棹急，好梦还惊破”②，就关注到了水路行旅、夜宿船中时的孤旅况味。此时，舟船意象不再孤立、静止地传达孤独，而是以流动的视角建构起以孤独凄清为底色的旅程风貌。

与舟船意象相关，柳词中多次出现“舟子”“渔人”等意象，从而构建出水乡渔村的尘世气息，并由此寄寓词人羁旅厌倦、怀乡思归乃至弃绝官场的归隐之思。例如，《安公子》中的“行侵夜色，又是急桨投村店。认去程将近，舟子相呼，遥指渔灯一点”③，即生动再现了词人夜间水路行旅、匆匆赶往旅店投宿的旅行片段。词中，“舟子”是驾船的船夫，“舟子相呼”让柳永的羁旅词也生出一种烟火气来，旅行的风尘之感跃然纸上。又如，《安公子》之“望几点，渔灯隐映蒹葭浦。停画桡、两两舟人语。道去程今夜，遥指前村烟树”；《过涧歇近》之“数幅轻帆旋落，舣棹蒹葭浦。避畏景，两两舟人夜深语”；《满江红》之“暮雨初收，长川静、征帆夜落。临岛屿、蓼烟疏淡，苇风萧索。几许渔人飞短艇，尽将

① 柳永（著），陶然、姚逸超（笺注）：《乐章集校笺》，上海古籍出版社，2019年，第155、199、287页。

② 柳永（著），陶然、姚逸超（笺注）：《乐章集校笺》，上海古籍出版社，2019年，第442、553页。

③ 柳永（著），陶然、姚逸超（笺注）：《乐章集校笺》，上海古籍出版社，2019年，第449页。

（载）灯火归村落”[①]，此类对行旅途中舟子、渔夫活动场景的记录书写，让词人的水路行旅变得真实可感，而通过舟人的深夜对话，渔人的夜晚回归，更衬托出词人行旅的孤独寂寞与倦游情绪。

渔人代表隐逸，在中国文化传统中具有典型的象征意义：遁世超俗、淡泊透彻。柳词中多次出现渔人、渔父等形象，这既是水路行旅中非常常见的人物形象，同时也是被词人刻意选取的形象，以与官场奔波形成对立。例如，《夜半乐》中的“残日下、渔人鸣榔归去”；《望远行》中的“好是渔人，披得一蓑归去，江上晚来堪画”[②]等，温暖的夕阳、缥缈的烟波，水路行旅的美丽风光以及这画卷中驾舟归去的渔人，显得超凡脱俗、独具智慧，都好似在提示为了蜗角功名、蝇头微利而驱驱行役的词人，什么才应该是生命真正的价值与归宿？生活的一地鸡毛虽然痛苦琐碎，但被官场仕途所拘役的词人，又难以真正摆脱传统士大夫一直追求的入仕理想，于是在这驱驱行役的路上，让思想暂时随着渔人，去过一场精神的自由之旅吧。

五、柳永水路行旅词的审美风格

我们之前讲到，柳永善写羁旅行役之作，这些作品大多表现了词人经运河南下，途经江浙两湖一带的水乡风光。除了水路行旅，不少词也反映了词人陆路出行的宦旅生涯。当我们比较这些词作时，会看到不同的出行方式带给词人的不同的行旅感受，从而造成词作审美风格的差异。柳永羁旅行役词中表现陆路行旅、山路驱马的主要有如下词作（见表3-1）[③]。

① 柳永（著），陶然、姚逸超（笺注）：《乐章集校笺》，上海古籍出版社，2019年，第444，642，508页。

② 柳永（著），陶然、姚逸超（笺注）：《乐章集校笺》，上海古籍出版社，2019年，第434，524页。

③ 柳永（著），陶然、姚逸超（笺注）：《乐章集校笺》，上海古籍出版社，2019年，第303，373，412，516，564，616，629页。

表 3-1　柳永羁旅行役词中表现陆路行旅、山路驱马的主要词作

词调名	山路行役的表现内容
凤归云	向深秋，雨馀爽气肃西郊。陌上夜阑，襟袖起凉飙。天末残星，流电未灭，闪闪隔林梢。又是晓鸡声断，阳乌光动，渐分山路迢迢
轮台子	一枕清宵好梦，可惜被、邻鸡唤觉。匆匆策马登途，满目淡烟衰草。前驱风触鸣珂，过霜林、渐觉惊栖鸟。冒征尘远况，自古凄凉长安道。行行又历孤村，楚天阔、望中未晓
阳台路	楚天晚，坠冷枫败叶，疏红零乱。冒征尘、匹马驱驱，愁见水遥山远……暮烟衰草，算暗锁、路歧无限。今宵又、依前寄宿，甚处苇村山馆。寒灯畔。夜厌厌、凭何消遣
少年游	长安古道马迟迟，高柳乱蝉嘶。夕阳岛外，秋风原上，目断四天垂
满江红	匹马驱驱，摇征辔、溪边谷畔。望斜日西照，渐沈山半。两两栖禽归去急，对人相并声相唤。似笑我、独自向长途，离魂乱
临江仙	渡口、向晚，乘瘦马、陟平冈。西郊又送秋光。对暮山横翠，衫残叶飘黄。凭高念远，素景楚天，无处不凄凉
塞孤	一声鸡，又报残更歇。秣马巾车催发。草草主人灯下别。山路险，新霜滑。瑶珂响、起栖乌，金钲冷、敲残月。渐西风紧，襟袖凄裂

与水路行旅不同，除了喜欢表现向晚时分的光景与离忧外，山路行旅词还对清晨时段尤为关注，《凤归云》《轮胎子》《塞孤》这几首词皆表现了词人破晓出发、驱马行役的山行情景，词中的“鸡鸣”“栖乌”“晨霜”“残月”“瘦马”等，构成了柳永羁旅行役词中于烟水迷茫、夕阳洒落之外独具凄清淡薄底色的行旅图画。词人乘着瘦马，独自在艰险的山路上行走，这种形象设定加深了仕宦行旅的艰辛与落寞，词中所蕴含的情感也往往低沉哀伤，词人常常直接感慨征尘远、离魂乱。

在这些词作中，很难再见到水路行旅词中所呈现的那种纪行游览的眼光，其相关的风景描写更多服务于山行艰险、征程况味的营造与衬托。这些山路行旅词中常常出现“驱驱行役”“匹马驱驱”等描述。驱驱，指奔走辛劳之貌，展现出作者对于仕宦征途的基本态度，正如词中所言之“驱驱行役，苒苒光阴，蝇头利禄，蜗角功名，毕竟成何事”（《凤归

云》),“恁驱驱、何时是了”(《轮台子》),“冒征尘、匹马驱驱,愁见水遥山远”(《阳台路》),等等。沉沦下僚、旅途艰辛,催生了词人的厌旅之情,也让词人不得不思考人生的价值和意义,其山路行旅词中对仕宦旅途的弃绝之情也就表达得更为强烈,如“又争似、却返瑶京,重买千金笑”(《轮台子》),“抛掷云泉,狎玩尘土,壮节等闲消。幸有五湖烟浪,一船风月,会须归去老渔樵”(《凤归云》),等等。市井的热闹、江湖的逍遥,这时都是词人最为向往的生活,而这被山路行旅积压郁结的情感,喷泻而出,让我们又再次见到了《鹤冲天》里“忍把浮名,换了浅斟低唱”的狂生柳永。

水路行旅,相对悠游舒适,又能兼顾沿途风景。水途风景,烟波浩渺、兰芷芬芳,故柳永的水路羁旅之作,往往呈现出迷蒙哀婉的审美情调,刻画出久困仕途、羁旅伤心的词人形象。这种形象又与“羁旅而无友生,惆怅兮而私自怜”之宋玉形象形成了文化关联与异代呼应,为柳永的水路羁旅词增添了“悲秋”的文化内核。柳永在其羁旅行役词中,多次直接提及宋玉,如《雪梅香》之“动悲秋情绪,当时宋玉应同”,《卜算子》之“楚客登临,正是暮秋天气”,《玉蝴蝶》之“望处雨收云断,凭阑悄悄,目送秋光。晚景萧疏,堪动宋玉悲凉”等。在孤独的羁旅征途之中,宋玉仿佛是柳永的挚友知己,柳永借楚客宋玉,抒发自己的羁旅穷愁与人生感慨,在厌旅的情感内蕴之外,极大地拓宽了柳词的文化内涵。柳永将词里的感情从春女善怀转变成秋士易感,这是柳永对词体内涵发展的重大贡献,就某种程度而言,这种转变恰恰是以柳永的水路行旅为契机,以水路行旅词为载体的。

柳永水路行旅词中悲秋情调的融入,也有一定的现实原因。柳永由一个流连曲坊的布衣词人到辗转征途的底层官吏,其词之创作环境与读者对象都发生了很大的变化。在新的文人聚会、迎来送往的官方场合里,柳词被要求采用一套新的表达话语,这种表达应当是有传统的,可以被士大夫所共情和接受的。恰如宇野直人在《柳永论稿》中所评价的那样,柳永羁旅词“多是以怀才不遇的士人排遣情怀的传统(或曰类型化)范式为基础的"，"此时他的词作的接受者所要求于他的，应该说是属于士人阶层的东西"[①]。反观其在水路行旅词的创作中，结合着作者现实处境又有着深厚文人传统的"宋玉悲秋"，则成为柳永情感寄托最为合适的载体，帮助柳永在新的文学环境中形成了良好的对话基础。

① 宇野直人：《柳永论稿》，张海鸥、羊昭红译，上海古籍出版社，1998年，第263页。

第四章 “湖墅八景”之明词书写

杭州出武林门至北新关，史称湖墅，清魏标《湖墅杂诗》自跋中为之划界，曰：“南自武林至北新关，而拱宸桥附焉；西自钱塘至观音关，而古荡附焉；东自艮山至东新关，而范浦附焉。三观三门，划然为界。”[①]出武林门至拱宸桥，城北运河与城内运河沟通，夹岸商贾林立，自古繁华，有“十里银湖墅”之称。南宋吴自牧所著《梦粱录》卷一三《两赤县市镇》载：“临安府城外有浙江市、北郭市、江涨东市、湖州市、江涨西市、半道红市、西溪市、赤山市、龙山市、安溪市、范浦镇市、汤村镇市、临平市、南土门市、北土门市十五个镇市。”[②]南宋城外的15个市镇，位于湖墅一带的便占去三分之一。明代著名地理学家王士性在其所著《广志绎》卷四《江南诸省》中称，“杭城北湖州市[③]，南浙江驿，咸延袤十里，井屋鳞次，烟火数十万家”[④]，更描绘了湖墅的烟火繁华。湖墅倚赖水运之便，成为鱼米贸易之所，从北面德清、湖州等地和西面临安、余杭一带运来的稻米、水产等汇集于兹，买卖交易，形成热闹的市集，“卖鱼桥”“米市巷”等因买卖物资而产生的俗名延续至今，在沧海桑田、变幻不居的城市界面之下，倔强地保留了历史的记忆。

对于湖墅一带的风光，宋人已有涉笔，苏轼《杭州故人信至齐安》云，“还将梦魂去，一夜到江涨”，并自注“江涨，杭州桥名”[⑤]，以湖墅的江涨桥作为杭州的标志记忆。吴文英《鹧鸪天》云，“池上红衣伴倚阑，

---

① 魏标:《湖墅杂诗》，载孙忠焕主编《杭州运河文献集成》第一册，杭州出版社，2009年，第505页。

② 吴自牧：《梦粱录》，浙江人民出版社，1980年，第114页。

③ 《西湖游览志》云：“归锦桥，俗称卖鱼桥。自此而上，至左家桥、夹城巷，皆称湖墅，俗讹为湖州市。”田汝成（辑撰），尹晓宁（点校）：《西湖游览志》，上海古籍出版社，2017年，第200页。

④ 王士性（撰），吕景琳（点校）：《广志绎》，中华书局，1981年，第69页。

⑤ 傅璇琮等：《全宋诗》卷八〇四，北京大学出版社，1998年，第9312页。

栖鸦常带夕阳还。殷云度雨疏桐落，明月生凉宝扇闲”[①]，其中描写的便是湖墅江涨桥附近化度寺的风景。当然，湖墅风景以较明显的区域特色集中出现在诗歌书写之中，则还要留待明清文人的审美发现。

湖墅一带因水运便利、商贸发达而人烟稠密、民俗浓厚，此处秀丽的水乡风貌也渐被发掘，形成湖墅八景：夹城夜月、陡门春涨、半道春红、西山晚翠、花圃啼莺、皋亭积雪、江桥暮雨、白荡烟村，涵盖了湖墅一带最具诗意美感的四时景色、地方风物。对此，有明人王洪《卜算子》八首、聂大年《临江仙》八首，分咏八景，工致天然，风味可掬。

八景的构建与吟咏历史悠久，唐代已有众多的景观组诗，如刘长卿《龙门八咏》、韦处厚《盛山十二诗》、李白《姑孰十咏》、刘禹锡《海阳十咏》等，虽少以“八景”名诗，但其与后代八景诗并无根本差异，景观组诗所展现的景观序列构成了一个完整的系统，“它们或在时间上，或在地点上，或在方位上，或在形态上，都能建立起非常明显的对应与对称关系。这种对应与对称，充分表现了中国人追求完美、追求和谐的整体意识，进一步而言，则反映了上下俯仰、八方顾瞻的思维模式和宇宙概念”[②]。到了宋代，以“潇湘八景”为代表的八景诗创作日益典范化、普及化，组诗规模、标题格式更加规范，景观集成更具诗意，八景诗遂定型于宋。

宋代之后，四字格已成为八景诗标题的主流形态，即前两个字通常为地点场所，后两个字为景致，两两并列成一个合景，这种命题方式一直影响到了元明清各朝。不论是自然景观、人文景观或是生活场景，当它与特定的时间、气候背景相结合时，便呈现出丰富多彩的内涵和浓郁的诗意[③]。四字命题的方式，具有浓厚的诗学审美意义，“这是中国古代四言诗句独特审美意义的再现，八景用这样的四字来命名，也是它在文化

---

① 唐圭璋：《全宋词》第四册，中华书局，1965 年，第 2937 页。

② 张廷银：《传统家谱中“八景”的文化意义》，载《广州大学学报》，2004 年第 4 期。

③ 李正春：《论唐代景观组诗对宋代八景诗定型化的影响》，载《苏州大学学报（哲学社会科学版）》，2015 年第 6 期。

根源上向传统审美旨趣回归的具体表现”[①]。

明清时期，伴随诗歌风土化、民俗化的风潮，诗人墨客、乡绅仕宦将家乡居所的景观艺术化，创造出大量的“桑梓八景”（“大八景”）和宗族“小八景”。“八景从最初的精英（文人墨客、乡绅仕宦）审美逐渐演化为一种集体意识，这在客观上又充当了地方认同和情感纽带的重要媒介，并酝酿和培育了以此为依托的深入人心的地方记忆。”[②]“湖墅八景”在明朝的出现，正是在这样的文学传统与时代风潮中孕育的。“湖墅八景”的标题也采用了经典的四字格，前两字涉及湖墅区域内的景观、街巷等，后两字则撷取了该地域最具风情的景色物象，八景的发现、提炼、吟咏，让商贸繁华的湖墅地区在市井烟火气中也生出了诗画风雅的气韵。

最早书写湖墅八景风情的是王洪。王洪（1379—1420），字希范，号毅斋，浙江钱塘人。王洪少年时才思颖发，八岁能文，明洪武二十九年（1396）进士及第，时年仅十八；永乐初，擢吏科给事中，改翰林检讨，参与修撰《永乐大典》，历任修撰、侍讲；明成祖颁佛曲于塞外，逡巡不应诏为文，受排挤，不复进用。王洪时有才名，与当时王称、王恭、王褒并称“翰林四王”，其著有《毅斋集》，文皆朴雅，骈体亦工，诗尤具唐格。

王洪曾以《卜算子》八首分咏湖墅八景。对此，明琅英《七修类稿》卷三九《诗文类·夹城八景词》云：“吾杭市井，夹城巷口其一也。永乐间，其地有翰林侍讲王希范洪，号毅斋，一时学士推重之……尝以其地为八景，作《卜算子》八章。”[③]根据郎瑛考证，“湖墅八景”之名目或许就是王洪首次总结提出的，随着王洪其词的流行，夹城八景、湖墅八景之说便定型流传。明田汝城《西湖游览志》即云，明初名流题咏湖墅八景者甚多。

---

① 张廷银：《西北方志中的八景诗述论》，载《宁夏社会科学》，2005 年第 5 期。

② 赵夏：《我国的“八景”传统及其文化意义》，载《规划师》，2006 年第 12 期。

③ 郎瑛：《七修类稿》，上海书店出版社，2001 年，第 412 页。

继王洪后，聂大年以《临江仙》咏湖墅八景。聂大年（1402—1456），江西临川人，字寿卿。聂大年天资颖悟过人，经史子集无不涉猎。其书法欧、赵，皆臻其妙，以是名动缙绅间；其诗俊逸而洒脱，其词清俊有韵致。宣德末，聂大年经荐授仁和县训导，后分教常州，迁仁和教谕；景泰六年（1455）征入翰林，修实录，未几病卒。聂大年虽非杭州人，但其在杭州仕宦寓居，也以词笔记录了湖墅的风光。

王洪、聂大年所咏工致[①]，当时颇具盛名。

一、夹城夜月

夹城巷西起湖墅南路中段，东至德胜桥接长板巷。明田汝成《西湖游览志》卷二十二载，夹城巷“东通递运所，四达之衢，市廛殷阜，肩摩踵接”。关于夹城巷的得名，据《西湖游览志》载，故老皆言元朝末年总兵杨完与张士诚筑垒相拒，此为战场遗址。但田氏考云：“当钱氏筑城时，云自秦望山由夹城东亘江干，洎钱唐湖，凡七十里，则夹城之名，唐末五代已有之，似非起于杨完者。”[②]

且看这首王洪的《卜算子·夹城夜月》。

《卜算子·夹城夜月》

孤月泛江秋，露下高城静。期着佳人夜不来，坐转霜梧影。
吹彻紫鸾箫，宝篆烟销鼎。桂子飞香下广寒，银汉秋波冷。

《卜算子》是北宋的流行曲调，万树《词律》认为其取义于“卖卜算命之人”。此调双片，重头曲，上去韵，四十四字，主流体式是上下片各作五五七五，此调体式简明，格调清新洒脱，写景言情皆宜。王洪此首，

① 本书所录王、聂二人夹城八景词，依郎瑛：《七修类稿》，上海书店出版社，2001 年，第 412—414 页。

② 田汝成（辑撰），尹晓宁（点校）：《西湖游览志》，上海古籍出版社，2017 年，第 198 页。

开篇破题，“孤月泛江秋，露下高城静”：秋月寂美，投影在波光闪烁的运河上；秋露微凉，笼罩着静谧的高高城墙，点出“夹城夜月”之景致。接下来，“期着佳人夜不来，坐转霜梧影”，作者脱离了景观组诗较为单纯的绘景写法，而给词作注入了浓浓的个人情思：高城风露下，月色桨声中，词人久立梧桐影里，期待着心上人的到来，期盼、辗转、失落、仍期盼。吹彻笙箫，香烟袅袅，绵延着无尽的思念；银汉清冷，桂香隐隐，仿若从广寒宫里飘落弥漫。在此，词人以声色视听五感，营造了一个寂静明丽而富有情韵的夹城夜月。

再看这首聂大年的《临江仙·夹城夜月》。

《临江仙·夹城夜月》

万里碧霄云散尽，长天孤月流辉。城阴空阔柝声稀。试登高处望，露湿五铢衣。

不见辽东华表鹤，人民昔是今非。惊鸟三匝正南飞。银河风露冷，骑得彩鸾归。

与王洪的情致宛然不同，聂大年以辽阔的空间感与深沉的历史感构建了他心中的夹城夜月。聂大年该词用的是《临江仙》调，《临江仙》双片重头曲，平韵，六十字，其词曲源自唐教坊曲，自唐至后代皆流行。聂词上片写词人月下登高望远，下片抒发了词人的今昔感怀。开篇之“万里碧霄云散尽，长天孤月流辉”，写景空阔明朗，情思孤高旷远。“城阴空阔柝声稀”一句，则用夹城稀疏的打更声将情思移到人间，再落向望月之人“试登高处望，露湿五铢衣”。“辽东华表鹤”则用典暗喻世事变迁，道出今昔之感。《搜神后记》卷一载：“丁令威，本辽东人，学道于灵虚山。后化鹤归辽，集城门华表柱。时有少年，举弓欲射之。鹤乃飞，徘徊空中而言曰：‘有鸟有鸟丁令威，去家千年今始归。城郭如故人民非，何不学仙冢垒垒。’遂高上冲天。今辽东诸丁云，其先世有升仙者，但不知名字耳。”[①] “银河风露冷，骑得彩鸾归”一句，化用苏轼《水调歌头》中“高处不胜寒。起舞弄清影，何似在人间”之意，将深沉清冷化作旷达，化作人间的一缕温情。

王洪、聂大年二人用不同的笔触描绘夹城月景，也书写了望月人不同的情思，王洪的婉约深情，聂大年的超旷豁达，都赋予了夹城夜月深厚的诗性审美，唤醒后人游赏时的审美共鸣。

夹城夜月（池方越 摄）

① 陶潜：《搜神后记》，浙江古籍出版社，1987 年，第 15 页。

二、陡门春涨

明田汝成《西湖游览志》载：“渔塘巷（今余塘巷。——作者注），自霍山坊而下，有上下陡门，泄清湖河水。”[①]又，清光绪《湖墅小志》记载：“昭庆寺后，《宋志》称九曲下湖，旧有二斗门，玉壶水口与中闸是也。今城既移，别开新河，玉壶之水遂移于南，为圣堂闸，陡门即近乎此。”[②]杭州春雨连绵，湖水漫溢之时，开闸放水，水涛拍岸，甚为壮观，称为湖墅八景之一“陡门春涨”。

且看这首王洪的《卜算子·陡门春涨》。

《卜算子·陡门春涨》

惊雪喷高崖，雷响青天晓。刚道吴胥驾海来，势压沧溟小。

两岸是渔舟，泼乱飞春鸟。须信神鱼去不留，五色祥云绕。

在此，词人以欢快灵动的笔调描写了陡门春涨时春水澎湃的激越涨势。“惊雪喷高崖，雷响青天晓”之句，分别从形色、声响的角度描绘开闸放水时的壮观景象，浪花破碎如惊雪，飞溅拍岸，水声喧腾如奔雷，响彻青天。“刚道吴胥驾海来，势压沧溟小”之句，则用伍子胥典形容河涛之大，语出《吴越春秋·夫差内传》：“吴王乃取子胥（伍子胥）尸，盛以鸱夷之器，投之于江中……子胥因随流扬波，依潮来往，荡激崩岸。”[③]所谓“两岸是渔舟，泼乱飞春鸟”，则是怒涛之后，词人描写了春来河上的惬意美景：渔舟泊岸，春鸟低徊，荡漾着融融春意，足见陡门春涨，不仅仅是河涛水涨，更是春意催发。

再看这首聂大年的《临江仙·陡门春涨》。

---

① 田汝成（辑撰），尹晓宁（点校）：《西湖游览志》，上海古籍出版社，2017年，第199页。

② 高鹏年：《湖墅小志》，载孙忠焕主编《杭州运河文献集成》第一册，杭州出版社，2009年，第437页。

③ 周春生：《吴越春秋辑校汇考》，上海古籍出版社，1997年，第85页。

《临江仙・陡门春涨》

西北城闉如铁瓮，夜来春涨崩奔。惊涛拍岸撼昆仑。桃花三级浪，何处觅桃源。

仿佛鸱夷乘白马，潮头日落云昏。渎祇川后亦消魂。琴高骑赤鲤，随水到龙门。

不可否认的是，王洪《卜算子》珠玉在前，其对聂大年的构思和创作有着重要影响。聂词开篇对于河水崩奔、惊涛拍岸的描写，下片对于伍子胥怒涛典故的使用，都有化用呼应王洪词的痕迹，但又不拘泥于王词，变化而出。例如，其上片结句为“桃花三级浪，何处觅桃源”，仲春时冰泮雨积，江河潮水暴涨，又值桃花盛开，故谓之桃花汛。词人用春季桃花汛引起桃源之思，自然流畅，又引人遐想，匠心独运。又如，其下片在伍相鸱夷之典外，又连用川后、琴高二典。川后是传说中的河神。曹植《洛神赋》云：“于是屏翳收风，川后静波。”《文选》吕向注：“川后，河伯也。”①琴高，相传为周末赵人，能鼓琴，后于涿水乘鲤归仙。典出汉刘向《列仙传・琴高》：“琴高者，赵人也。以鼓琴为宋康王舍人。行涓、彭之术，浮游冀州、涿郡之间，二百余年后，辞入涿水中，取龙子，与诸弟子期曰：‘皆洁斋待于水傍，设祠。’果乘赤鲤来出坐祠中。旦有万人观之，留一月余，复入水去。”②词人用典妥帖契合，以密集的神话典故营造神奇浪漫的艺术表现效果，亦真亦幻，境界大开。

三、半道春红

半道红，在杭州市北武林门外，南宋时为半道红市。宋吴自牧《梦粱录》卷十三“两赤县市镇”谓北关门（武林门）外有“半道红市”。关于半道红命名的来源，据明田汝成《西湖游览志》记载：“半道红，相

① 萧统（编），李善（注）：《文选》，上海古籍出版社，1986年，第899页。
② 刘向（撰），王叔岷（校笺）：《列仙传校笺》，中华书局，2007年，第60页。

传旧时夹路栽桃花，故名。俗讹为半塘洪。”[①] 春天桃花开时，如火如荼，灿烂似锦，花落如红雨，正如其命名极具诗意，半道春红之景在词人笔下也富于诗情画意。

且看这首王洪的《卜算子·半道春红》。

《卜算子·半道春红》

宿雨涨春流，晓日红千树。几度寻芳载酒来，自与春风遇。

弱水与桃源，有路从教去。不见西湖柳万丝，满地飞风絮。

一夜春雨，河水漫涨，雨过天青，千桃盛开。词人开篇便破题，将半道春红的绚丽景色绘出。词人载酒寻芳，与和煦的春风相遇，酒不醉人人自醉，一切都是和煦的、明丽的、怡人的。悠游其间，词人仿若身入弱水桃源仙境。漫天飞舞的柳丝风絮，入眼迷蒙，为这绮丽的世外之思增添了几许梦幻。

再看这首聂大年的《临江仙·半道春红》。

《临江仙·半道春红》

记得武林门外路，雨余芳草蒙茸。杏花深巷酒旗风。紫骝嘶过处，随意数残红。

有约玉人同载酒，夕阳归路西东。舞衫歌扇绣帘栊。昔游成一梦，仍问卖花翁。

聂大年笔下的半道春红，叠合着现实与回忆，混合着甜蜜与惆怅。在一个春天，雨过草青，杏花深巷，酒旆风轻，紫骝嘶鸣，词人与玉人相约载酒，舞衫歌扇，乘醉夕阳。词人用最美好的意象、最流利的笔调，描绘了一个明丽风流的回忆之境。然而，美好终究成一梦，“昔游成一梦”

① 田汝成（辑撰），尹晓宁（点校）：《西湖游览志》，上海古籍出版社，2017 年，第 198 页。

道出了梦醒时分的怅然若失，时光荏苒、物是人非。“仍问卖花翁”，逝去的终将逝去，而于生活中，我们总要用力把握温存，美好的春景，仍值得探问，不是吗？此词笔调流畅，词情转折，余味绵延，比之王洪词，更具深婉之美，发人意兴。

半道春红（池方越 摄）

四、西山晚翠

清光绪年间的《湖墅小志》载：“河塍近北新关，其地一面临水。入晚遥眺西山，如房山一幅图画，苍茫云水之间，有青翠可爱之趣。”[①]此处故有“西山晚翠”之名，亦称“河塍晚翠”。

且看这首王洪的《卜算子·西山晚翠》。

《卜算子·西山晚翠》

斜日照疏帘，雨歇青山暮。白鸟鸣边一半开，香霭和烟度。

楼上见平湖，影隔青林雾。吹断鸾箫兴未阑，月照芙蓉露。

---

① 高鹏年：《湖墅小志》，载孙忠焕主编《杭州运河文献集成》第一册，杭州出版社，2009 年，第 405 页。

王洪此词描绘了登临所见的西山晚翠胜景。该词延续其一贯的起句破题写法，上片中的“斜日照疏帘，雨歇青山暮”，点出了薄暮时分，雨过天晴、青山晚翠之景。在这美丽的画幕中，词人聚焦飞旋鸣叫的白鸟、缭绕弥漫的雾霭，令画面具有了声、色、形之动感。下片则引出了登楼观景之人，词人登楼远眺，山色湖光春林烟霭，苍茫浑然，突出了登楼人迷蒙沉醉的观景体验。“吹断鸾箫兴未阑，月照芙蓉露”，结句由暮色写到夜色，伴随着鸾箫之声，迷蒙的黄昏也渐渐被清冷明丽的月色取代，视线由远及近，沉落在浸润着明澈月光的芙蓉浦上。

再看这首聂大年的《临江仙 · 西山晚翠》。

《临江仙 · 西山晚翠》

一抹夕阳低远树，分明翠敛西山。苍苍松桧锁禅关。疏钟残磬里，倦鸟亦知还。

谷口樵苏归路晚，六桥流水潺潺。行人指点有无间。天风吹散尽，露出豹文（今作“豹纹”。——作者注）斑。

聂大年书写的西山晚翠，笔调疏宕淡远，樵夫、行人亦入词中，于王洪词婉约清丽的河山小景之外增添了些许烟火人间气息。与王洪由薄暮书写至夜色不同，聂词主要铺陈夕阳西下、暮色时分的西山景色。夕阳挂在树梢，远山滴翠在暮色中沉淀收敛；苍苍松柏掩映着禅寺，疏钟残磬的声响里，倦鸟归飞；樵夫背柴走出山谷，六桥流水潺潺，暮霭笼罩山色有无；忽然一阵天风吹散，露出了斑驳的山色，山中景致变幻绚丽，引人赞叹。在此，词人好似画师，浅浅数笔，便勾勒出一幅元素丰富、意境淡远的山水画来。此词写景自然，情调活泼，颇有盛唐山水诗的况味，与王洪词一静一动，各具风情。

五、花圃啼莺

花圃，位于东西马塍。明田汝成《西湖游览志》载：“东、西马塍，在溜水桥北，以河分界。并河而东，抵北关外，为东马塍。河之西，上泥桥、下泥桥至西隐桥，为西马塍。钱王时畜马于此，至三万余匹，号曰‘海马’，故以名塍。或曰：马姓二人东西居，共为园田之塍，非也。土细敏树，杭城四时花卉，于此出焉，今名南花园。北去十余里为板桥，今名北花园。”[①]东西马塍，居民多业艺花，花发莺啼，蹁跹其中，故有“花圃啼莺”之景。

且看这首王洪的《卜算子・花圃啼莺》。

《卜算子・花圃啼莺》

旭日照花林，莺啭春风早。一片红云暖不开，无奈春声搅。

乘兴且闲游，莫待韶华老。随意飞红点绿苔，休着家童扫。

这首词描绘了马塍花发莺啼的春日胜景与词人惜春留春的赏春心境。春光正好，花林沐浴着清澈的阳光，莺声婉转，春风将莺啼声声吹度。枝头花苞红艳，仿佛再耐不住春声惊扰，正欲绽放。如此春色，词人也游兴正浓、不误韶光。人生得意须尽欢，有花堪折直须折，春光与青春，哪一个都不能辜负。“随意飞红点绿苔”，春风偶然吹落的飞花随意飘落于绿苔之上，也好似天然点染的美丽画作，可赏可叹可怜，诗人似相告主人，休着家童打扫，想留住飞红绿苔的一幅春景，也留住惜春叹春的此刻心境。

再看这首聂大年的《临江仙・花圃啼莺》。

《临江仙・花圃啼莺》

芳圃万花围绕处，软红晴点香泥。金衣公子羽毛齐。为怜春色好，

① 田汝成（辑撰），尹晓宁（点校）：《西湖游览志》，上海古籍出版社，2017年，第200页。

终日往来啼。

记得早朝花底散，金河草色凄凄。数声只在御桥西。东风回首处，香雾满长堤。

此词上片围绕“花圃啼莺”叙写，花圃万花争妍，身穿金缕衣的黄莺穿梭其间，殷勤啼鸣。词人采用拟人手法，将爱春惜春的心境赋予黄莺，称赞这些精灵正因为爱惜春色美好，才终日往来其间嘹亮歌唱。如今烂漫的春色，让词人不禁回想起此前的早春景色，运河畔春草萋萋，寥寥数声啼莺，远在御桥西畔。春色催人，如今已是云蒸霞蔚般烂漫。回首东风，春气蒸腾，花香弥漫，笼罩了整个长堤，令人沉醉。

词人们全身心地感受着绚烂的春光，但也都隐隐感知着春的脚步迅疾，由时光带来的美好也终将随时光逝去，但人所感受到的美好是真实温馨而涵泳的。

花圃啼莺（周宏宾　摄）

六、皋亭积雪

皋亭山在杭州城东北部，东西横亘，山南麓有上塘运河。此山最早见于《唐书·地理志》，有着丰富的自然和人文资源。皋亭山因前有半山掩其脊，严冬积雪不消，于是有湖墅八景之“皋亭积雪”。

且看这首王洪的《卜算子·皋亭积雪》。

《卜算子·皋亭积雪》

积玉映空青，蓬岛人间近。珠树瑶花满眼开，缥缈仙台影。

便欲跨青鸾，直上三山顶。鹤氅披云看下方，月白银河冷。

这首词描绘了皋亭雪景，想象奇特，充满神仙之思。皋亭山寒冬积雪如玉，漫山苍树，如瑶华绽放，在青蓝色的天空之下，空灵缥缈，其美不可方物，仿若人间的蓬莱仙境。词人在此远眺，进而沉醉，进而生出逸想，想要乘上那神话中的青鸟，直飞到三山峰顶。从高处鸟瞰，那漫山的雪景，应是清澈冷寂皎洁无瑕的，对此词人用“月白银河冷”来描述，既贴切地形容了皋亭雪景，又将观景时的澄澈心境道出，意韵深远。

再看这首聂大年的《临江仙·皋亭积雪》。

《临江仙·皋亭积雪》

昨夜孤峰如泼翠，今朝玉立巑岏。琼林琪树间琅玕。蓬莱尘世隔，弱水竟漫漫。

玉宇琼台千仞表，群仙飞珮骖鸾。不知何处倚阑杆。洞箫吹一曲，鹤氅不胜寒。

聂大年此词用的也是王洪词的构思，将皋亭山雪与神仙之思结合。一夜风紧，天公作画，清晨遥望，皋亭山玉立巑岏、银装素裹。词人用蓬莱之境、美玉之名来赞美这雪景山色。“蓬莱尘世隔，弱水竟漫漫”之句，化自苏轼《金山妙高台》中的“蓬莱不可到，弱水三万里”，言传说仙境邈不可往，皋亭仙境却尽在眼中。眼望皋亭雪景，词人不禁浮想联翩：那神仙之境，群仙飞翔，他们不食人间烟火，也无世间愁苦。一曲洞箫，又似把词人的神思拉回现实，现实中的词人凭栏望处，只能借遥想而暂时望忧，然而鹤氅终究难以抵御寒冷。此词绘景如画，喜忧承转，情思深婉，含蓄有致。

七、江桥暮雨

江桥暮雨，讲的是江涨桥的景色，江涨桥横跨运河，在卖鱼桥东北，相传古时江潮可达，苏轼曾有诗云：“还将梦魂去，一夜到江涨。”宋时，桥西有江涨税务司，宋吴自牧《梦粱录》:“江涨税务东曰江涨桥”[①]。江涨桥建于北宋，元末损毁，明宣德年间（1426—1435）重建，为三孔石拱桥。民国时期曾对该桥进行改造，1949年后对其又进行了多次改造。“江桥暮雨”位列湖墅八景之一，又谓“江桥渔火”。据《湖墅小志》载:“江涨桥与华光桥，作八字式，河面极为开阔。入夜蟹火渔灯如天上繁星，辉映岸上。”[②]

且看这首王洪的《卜算子・江桥暮雨》。

《卜算子・江桥暮雨》

淅沥带秋坰，两岸蒹葭响。何处渔舟暝未还，隔浦闻清唱。

撩乱下枯槎，一夜苕溪涨。天目应添翠色重，回首看晴嶂。

王洪此词构思精巧，全词围绕江涨桥一带的运河暮雨景色，从声色

① 吴自牧：《梦粱录》，浙江人民出版社，1980年，第59页。

② 高鹏年：《湖墅小志》，载孙忠焕主编《杭州运河文献集成》第一册，杭州出版社，2009年，第447页。

之不同感知下笔，层层铺陈渲染。秋雨淅沥，秋风萧瑟，雨打蒹葭，风吹芦花，开篇便营造了蒹葭苍苍、烟雨江南的水墨图画。夜色初上，不知何处的渔舟仍停泊水浦深处，传来声声渔歌。几声清唱为静谧的江南水乡注入了人间烟火气。秋雨绵绵，入夜不歇；运河水涨，悠悠荡荡。词人听着缠绵的雨声，想象雨过天晴，天目山山色如洗，应当更添翠色，届时凭桥而望，回看山屏，多么令人愉悦和憧憬。词人围绕江桥暮雨，声景视景叠合，近景远景交错，现实与想象沟通，营造了丰富的诗意空间。

再看这首聂大年的《临江仙·江桥暮雨》。

《临江仙·江桥暮雨》

一叶渔舟吞暮景，夜来江涨平桥。蒹葭两岸响萧萧。水村烟廓外，隐隐见归樵。

鸿雁欲归愁翅湿，谁怜万里云霄。空清山色望中遥。钟声何处寺？白鸟没林腰。

此词在结构布局意象择取方面借鉴王词，又从中变化，注入了身世之感，从而形成新的审美意韵。上片写水村烟廓、雨敲蒹葭、渔舟归樵、暮雨江涨的运河景致，与王词的渔舟不归不同，聂词描绘了雨中黄昏樵夫于烟雨中缓缓归来，营造了江南水乡的静谧与温馨。下片写的是远眺，化王词的想象为雨中望山的现实远景描绘，“鸿雁欲归愁翅湿”之渔樵归家的图景，让漂泊异乡的词人不免生出乡愁；随着鸿雁的联想，词人的视线自然地移向万里云霄、远山空蒙。视线的尽头，不知何处的山寺钟声响起，白鸟暮归飞入林中。淡淡的乡愁刚刚泛起，又被词人浅浅化开，融入迷蒙的山色、空疏的钟声、白鸟的身影之中，情致宛然，意蕴无穷。

八、白荡烟村

白荡海位于今杭州市文一路中段，原是以产藕出名的村落。明清时期，这里还是乡村景致、湿地风光，秋季芦花盛开，水荡苍茫，故有“白荡烟村”之景。20世纪80年代，白荡海湖泊仍存，水通余杭塘河。

且看这首王洪的《卜算子·白荡烟村》。

《卜算子·白荡烟村》

绿竹绕清流，草舍人家远。几处牛羊晚下来，烟外闻鸡犬。

禾稼满秋原，路向桑麻转。箫鼓从教乐社神，岁岁长相见。

这首词围绕白荡海的乡村景色，描绘了岁月静好、充满浓郁民俗气息的画面。江南的乡村，清流潺潺，绿竹环绕，草舍人家。夕阳西下，鸡犬相闻，牛羊归来。诗人几笔点染，营造了一个桃源意味的诗意乡村，暮色怀归，温馨而美好。上片绘景，下片则描写了箫鼓乐社神的民俗。秋季到来，禾稼满原，百姓们沉静在丰收的喜悦中，箫鼓作乐，祭祀社神，期盼着年年好光景，充满了喜庆的气氛。

再看这首聂大年的《临江仙·白荡烟村》。

《临江仙·白荡烟村》

北郭秋风禾黍熟，牛羊晚食平田。一村桑柘起寒烟。田翁邀社饮，击鼓更烧钱。

处处鸡豚泥饮罢，瓦盆浊酒如泉。往来东陌与西阡。虽言淳朴俗，自有一山川。

秋风摇荡，禾黍成熟，牛羊散落田间，村庄生起炊烟。聂词将笔墨更多地用于对乡村风俗画面的描绘。秋收时节，百姓庆祝秋收，词人也受到田翁的邀请，参与这热闹的宴饮。百姓击鼓、烧钱，家家宴饮，鸡豚浊酒，东西阡陌，热闹非凡。这里民风淳朴，“自有一山川”，词人在这里感受到了山水田园的景致风光与自足风味，心中也漫溢着愉悦与满足。

王洪与聂大年以组词分咏“湖墅八景”，写景工致，词情清丽，二者延承呼应，又自出变化，各出新裁。就杭州地域风土的吟咏而言，对于西湖景色的书写渊源悠久，西湖竹枝词等系统描绘也自宋代就有。然而，对于湖墅一带的运河景色，宋代诗人往往只有单篇作品。只有到了明代，王洪、聂大年等以组词吟咏，全面系统地发掘、书写了湖墅风光，对后世的文学书写产生了重要影响。及至清代，则有《湖墅杂诗》等更具规模的组诗作品，对湖墅风光的描绘也进一步走向广阔与深细。

第五章 《湖墅杂诗》：清代诗歌中的湖墅风土志

清代是我国地方志编修的鼎盛时期，其编修地域广泛，“下至府、州、县，虽僻陋荒岨，靡不有志”[①]。清王朝作为少数民族政权，急于获取全国各地的政治、地理、民俗资料，以便周知万事，加强统治，因此组织、鼓励方志之编撰。清代文人也普遍有着高涨的修志热情，积极参与志事，对此梁启超谓之：“清之盛时，各省府县皆以修志相尚，其志多出硕学之手。”[②]据刘光禄的不完全统计，“清代有近百名学者参与了地方志书的编纂工作或辑录古志的工作”[③]。

学者的修志热情与清代的学术思潮密不可分。清代史学兴盛，方志即史（“志乃史体”）的观念也被推崇认可，正如章学诚所谓：“丈夫生不为史臣，亦当从名公巨卿，执笔充书记，而因得论列当世，以文章见用于时，如纂修志乘，亦其中之一事也。”[④]清代学者强调“经世致用”，他们认为“史志之书，有裨风教”，方志风示劝惩，教化社会，具有“经世”之用，而这也是清代学者修志热情的重要来源。[⑤]在这样的时代背景与学术氛围之下，清仁和（今浙江杭州）人魏标，曾撰写《湖墅志》，时人对湖墅地域的认识与记录也进入了新的阶段。魏标（1755—1825），字书青，曾撰有《湖墅志》，其《湖墅杂诗》自序云：“标撰《湖墅志》若

---

① 引自《（道光）蓬溪县志·旧序》乾隆五十一年张松孙序。

② 梁启超（著），朱维铮（校订）：《清代学术概论》，中华书局，2016 年，第 79 页。

③ 刘光禄：《中国方志学概要》，中国展望出版社，1983 年，第 46 页。

④ 章学诚（撰），吕思勉（评），李永圻、张耕华（导读整理）：《文史通义》，上海古籍出版社，2008 年，第 278 页。

⑤ 许卫平：《论清代地方志繁盛的原因》，载《扬州师院学报（社会科学版）》，1994 年第 1 期。

干卷，未付剞劂，乃约为《湖墅杂诗》百咏。”①其友闻肇堃为《湖墅杂诗》序云：“余友书青作《湖墅志》，于吾乡之人物形胜，一事一名，莫不穷搜远绍，考其实，证其讹，罗罗而清疏之。盖积心力者，数十年之久，而文亦不下数十万言。”②只可惜，魏标所撰《湖墅志》因无资刻印而鬻之钱氏，后被大火焚毁。清丁丙《北郭诗帐 · 自序》云：“叩之翠螺阁主，则云魏氏书青曾著《湖墅志》四卷，未梓已毁，其仅存者，杂诗百首耳。”③光绪年间，湖墅高鹏年惜魏书之不传，辑《湖墅小志》，记述湖墅掌故风俗。

魏标的《湖墅志》虽不存，但其将《湖墅志》所撰风物约略为《湖墅杂诗》百首，方以类聚，卒举大凡，可谓是以诗歌写就的湖墅方志。清代不仅地方志修撰兴盛，而且文人们对竹枝词、百咏组诗等也投入了极大的创作热情，“竹枝词以及‘百咏’‘杂咏’一类的诗歌，在引用地方风俗时，刻意编排，以郡县古制、山川河流、旧事遗迹等形式一一道来，并旁征博引”，以诗吟咏地区历史风物，作为地方志的补充，“地方风土在诗人的笔下，不再是眼前零星的印象和片段，而是具有宏大的地域观念和深远的历史开掘”④，而这种做法在清代是蔚然成风的。魏标《湖墅杂诗》的产生虽有着《湖墅志》难以付梓的窘迫现实原因，但也是清代以诗吟咏风土的产物。而今，尽管魏志不存，但《湖墅杂诗》却为湖墅风土留下了动人的歌吟。

一、湖墅的山光水色与寺观庙宇

魏标的《湖墅杂诗》集中展现了湖墅诸景，自明代即有名流题咏不

① 魏标:《湖墅杂诗》，载孙忠焕主编《杭州运河文献集成》第一册，杭州出版社，2009年，第463页。本书所引魏标诗歌皆出于此，以下酌情而不一一标注。

② 魏标:《湖墅杂诗》，载孙忠焕主编《杭州运河文献集成》第一册，杭州出版社，2009年，第462页。

③ 引自丁丙所辑之《武林掌故丛编》第26集《北郭诗帐》，丁氏嘉惠堂本。

④ 朱易安：《论清代竹枝词创作范式转变与地位提升》，载《文艺理论研究》，2017年第2期。

绝的“湖墅八景”自然也是魏标的重要诗材。相关作品辑录于下。

其一

武林北郭古通潮，暮雨空濛江涨桥。两岸蒹葭渔唱晚，湖州小市旧萧条。

其二

吴山选注旧官阶，税课分司江涨佳。莫笑驿丞衙署冷，日骑官马夜寻街。

其三

江涨桥通路狭邪，香烧心字说吴家。春融楼酒迎新煮，中有妖姬貌胜花。

其一描绘的“江桥暮雨”是湖墅八景之一，《湖墅杂诗》中笔涉江涨桥的有三首诗歌，分别描绘的是江涨桥的风光、江涨税课司及江涨桥畔的市井风情。其中，“武林北郭古通潮”，介绍了武林门外江涨桥，此亦为古代海潮所及，诗人自注引《仁和县志》：“武林门外，古亦海水所及，故一则曰江涨务，再则曰江涨桥。”“暮雨空濛江涨桥”，则以诗笔绘出“江桥暮雨”之湖墅八景。“两岸蒹葭渔唱晚”，描绘了江涨桥畔蒹葭渔唱的水乡风光。“湖州小市旧萧条”，则记录了江涨桥畔的运河市集。南宋吴自牧所著《梦粱录》卷一三中的《两赤县市镇》亦载有“江涨西市”“江涨东市”“湖州市”，足见南宋时期江涨桥畔商贸之发达。

其二描写了江涨税课司的官署活动。税课司是明清地方征税机构，明初改为：京官店为宣课司，府州县官店为通课司，后改通课司为税课局、司（府称局，县称司）；设从九品大使一人，典商贾、侩屠、杂市之常征，汇于府州县。清代沿置，征纳地方店铺牙帖契税、牲畜税、落地税等杂税。《西湖游览志》载，吴山驿在武林门外，其西有驻节厅。江涨税课司在霍山坊，原在北关驻节基。明洪武二十五年（1392）移建于此。《杭州府志》载，江涨税课司大使兼管吴山驿一员。江涨桥在杭州城北，宋代即是杭州运河的门户。吴自牧《梦粱录》载，江涨税务司在江涨桥西畔，江涨税务司于北宋中期应当就已存在，南宋淳祐年间重建。又据《咸淳临安志》载，江涨桥税务在江涨桥镇市，淳佑三年（1243）重建，而淳祐年间江涨桥税务司上缴的税收已达四万五千零十七贯六百四十七文，足见杭州湖墅地区商贸之繁华。

其三描绘的是江涨桥畔酒楼妖姬迎煮的狭邪风尘。宋吴曾《能改斋漫录》载，有士人于江涨桥为狭邪之游，作乐府名《玉璁珑》，诗云："城南路，桥南树，玉钩帘卷香横雾……"后陷于河南不返，其友作诗寄之云："江涨桥边花发时，故人曾共著征衣。请君莫唱桥南曲，花已飘零人不归。"士人在河南得诗酬之云："认得吴家心字香，玉窗春梦紫罗囊。余薰未歇人何许，洗破征衣更断肠。"[①]魏诗"江涨桥通路狭邪，香烧心字说吴家"便自《能改斋漫录》中故事化出，讲江涨桥乃狭邪里巷，歌楼妓馆之所在。据明田汝成《西湖游览志》载，春融楼在左家桥北，宋谓之北外库[②]。

"迎新煮"则记录了宋代酒库开煮、妓女迎煮的习俗。据宋吴自牧《梦粱录》记载，临安府点检所管城内外诸酒库。每年清明前开煮，择日开沽呈祥。各库预贴告示，官私妓女社队鼓乐，谓之迎煮。对此，宋周密《武林旧事》中的记载更为详尽，其中生动展现了宋代迎煮时社队百戏、妓女游街、万人争看的热闹场景。例如，《武林旧事》卷三"迎新"条云："户部点检所十三酒库，例于四月初开煮，九月初开清，先至提领所呈样品尝，然后迎引至诸所隶官府而散。每库各用匹布书库名高品，以长竿悬之，谓之'布牌'。有木床铁擎为仙佛鬼神之类，驾空飞动，谓之'台阁'。杂剧百戏诸艺之外，又为渔父习闲、竹马出猎、八仙故事。及命妓家女，使裹头花巾为酒家保，及有花窠五熟盘架、放生笼养等，各库争为新好。库妓之琤琤者，皆珠翠盛饰，销金红背，乘绣鞯宝勒骏骑，各有皂衣黄号私身数对，诃导于前，罗扇衣芨，浮浪闲客，

① 吴曾：《能改斋漫录》，商务印书馆，1941 年，第 415 页。

② 田汝成（辑撰），尹晓宁（点校）：《西湖游览志》，上海古籍出版社，2017 年，第 199 页。

随逐于后。少年狎客，往往簇饤持杯争劝，马首金钱彩段及舆台。都人习以为常，不为怪笑。所经之地，高楼邃阁，绣幕如云，累足骈肩，真所谓‘万人海’也。”又，《武林旧事》卷六“酒楼”条，记载了户部点检所下属官库（酒楼）官妓卖酒的情形：“每库设官妓数十人，各有金银酒器千两，以供饮客之用。每库有祗直者数人，名曰‘下番’。饮客登楼，则以名牌点唤侑樽，谓之‘点花牌’。元夕诸妓皆并番互移他库。夜卖，各戴杏花冠儿，危坐花架。然名娼皆深藏邃阁，未易招呼。凡肴核杯盘，亦各随意携至库中，初无庖人。官中趁课，初不藉此，聊以粉饰太平耳。往往皆学舍士夫所据，外人未易登也。”[①]魏诗“春融楼酒迎新煮，中有妖姬貌胜花”之句，便选取了“貌美妖姬”这一最具声色特点的意象，将酒楼迎煮的热烈氛围、香艳场景道出。

此外，对于湖墅八景之“夹城夜月”[②]、“花圃啼莺”、“陡门春涨”和“白荡烟村”等，魏标亦有题诗，其诗围绕八景之典型景色、故实，敷衍成篇，下笔流畅轻快，绘景清新明丽，情调欢愉潇洒，是继王洪、聂大年之后描绘湖墅八景的佳篇。

夹城巷口北关门，吴越钱王旧禁垣。筑垒杨张争战罢，空留明月照黄昏。

马塍两岸列东西，一水桥通上下泥。担压唐花入城卖，晓莺无数隔林啼。

圣堂闸水注新河，高插鱼标记不讹。船用篙撑不用橹，陡门春涨绿痕多。

花开白荡暑全消，满路荷风拂面飘。贪看村烟生晚景，意行已过采莲桥。

对于“湖墅八景”之“半道春红”“西山晚翠”，魏标《湖墅杂诗》

① 周密（著），钱之江（校注）：《武林旧事》，浙江古籍出版社，2001 年，第 53、126 页。

② 《湖墅杂诗》自注引《湖墅志略》谓之“夹城步月”。

虽无明注，但也有诗篇写到相关景色。例如，“清湖三闸半塘红”之“半塘红”即半道红之俗讹。又如，关于“高楼临水望亭亭，隔岸西山列翠屏。最是日斜风幔卷，窗间爽扑晚来青”，魏注为惠隆东浒别墅西爽楼之景，西爽楼临下湖而对西山，入目层峦叠嶂，“西山晚翠”即湖墅一带远望西山之景，故其诗亦可看作对湖墅八景“西山晚翠”的一种书写。

对于“湖墅八景”之“皋亭积雪”，魏氏并无所作，但魏标有诗咏“北关夜市”，诗云：“栉比居廛物价昂，北关夜市验丰穰。更深尚未人烟散，戢暴应须用驻防。”此诗描写了北关人烟繁茂、夜市发达，对此诗人自注《湖墅志略》：“北关夜市，为湖墅八景之一。”

又有诗咏河塍，诗云：“便民仓接钞关街，晚翠河塍近复佳。玉照楼新明月古，孝先赞伯隐居偕。”河塍，旧名钞关街。便民仓，在墅河旧码头。玉照楼，为施赞伯故居，赞伯品行高古，隐居河塍。孝先，指徐介，施赞伯友人，十六岁隐河渚。此诗书写了河塍风景与人物，对此魏标自注：“康熙中，尝以‘河塍晚翠’为湖墅十景之一。”“皋亭积雪”的缺席与“北关夜市”“河塍晚翠”的八景、十景之说，可见湖墅景观自明代得到发掘以来，后世亦有变化、增补。

《湖墅杂诗》的可贵处在于除八景、十景等前人总结提炼的标志性景观外，魏标处处见得诗意，将湖墅一带的可观风景入诗。如今，这些地名大多还保留沿用，然其景色却早已沧海桑田，经魏氏题咏，令这些历史风景的变幻有迹可循、供人怀想。此处略举数首。

其一

溪流决决下陂塘，五月农田早插秧。布谷啼晴鸠唤雨，马塍西路九莲庄。

《湖墅志略》载，九莲庄在西马塍。如今，这里临靠文三路、教工路，周围是杭州电子信息街区的繁华地段。从魏诗中，我们仿佛可看到清代九莲庄一带的乡村景色，溪水潺潺，湖塘分布，水田漠漠，飞鸟鸣啼。

其二

麦色青连菜色黄，年年天竺许烧香。路旁小路纷无数，认取停舟松木场。

八字关开不索钱，一枝庵僻好停船。灵湫我识哇哇宕，锦瑟人寻好好缘。

这两首诗，涉及松木场、古荡一带的湖山风光。据《湖山便览》载，凡吴郡士女春时进谒灵竺，停船于松木场。“麦色青连菜色黄，年年天竺许烧香”便记录了进谒天竺时松木场一带麦色青青小路纷呈的景色。八字关在古荡，《杭州府志》载，古荡关在尉司下扇一图，俗称八字关。一枝庵，在松木场。对于哇哇宕，魏标自注引《湖堧杂记》云：“哇哇宕棋盘山东转而下，有三石池。中一池石壁高广，云是龙湫。游其间者，小语小应，疾语疾应，哗然叫笑，答响满谷。人或曳履而趋中，亦若有曳履者蹑其后，亦佳境也。”好好居，指宋代名妓好好的居处。魏标自注引《秦亭诗集·张纲孙乘兴诗》：“绿缘山草哇哇宕，红觅林花好好居。”“八字关开不索钱”一诗，移步换景，每句诗歌点出一个地点，随着诗人的游踪，我们仿佛也感受到了游览湖山、寻访故迹的闲情逸致。

以游踪的视角展现湖墅风光，是魏标在《湖墅杂诗》中常见的一种构思。在此，诗人好似导览，风光如画卷缓缓展开，引人入胜，如记拱宸桥诗在建瓯“出关路记水程遥，试卷写将慰寂寥。船尾舵师通暗语，前头已经拱宸桥”，又如记艮山诗之“红叶经霜满树斑，戚公桥下进舟湾。泛洋湖绕秋城堞，古社元碑访艮山”。湖墅一带河网密布、水运沟通，诗集中多以舟行视角赋诗，展现了浓郁的水乡特色。

水光山色之外，湖墅一带的寺观庙宇作为重要的人文风景，诗人对此也涉笔颇多，如铁佛寺、永慈寺、妙行寺、法云寺、东岳庙下院、观音妙知院、印侯庙、明真宫、忠天庙、定光寺、晏公庙、潮王庙、昭化寺、香积寺、千胜庙、崇善庙等，魏氏皆有诗咏，如：

铁佛盘龙柱耀金，惊传飞出浴波心。至今赢得山门好，夹道长松引寺深。

铁佛寺在西马塍。据魏标自注所引《湖墅志略》：“殿柱雕金龙二，爪鬣如生。一日，僧自外归，见池内两龙游戏。入寺视柱两龙，水迹淋漓，若蠕动状。恐为祟，以巨钉钉之，血污满柱。”又，云乾隆间掞铎住铁佛寺，建造山门，种长松三百株。此诗借用寺柱盘龙、山门长松这两个铁佛寺的标志景观，写出了铁佛寺的人物与轶事，生动刻画了铁佛寺的神秘与深幽。

又如：

钟昏香积冷丛林，听说禅师戒行深。阁建毗卢遭劫火，惟存双煞费重寻。

香积寺晚照（池方越　摄）

香积寺在江涨桥北，宋太平兴国三年（978）建，大中祥符年间（1008—1016），宋真宗赐名香积寺。香积寺是杭州运河畔的著名寺院，是杭嘉湖一带佛教信徒从运河到灵隐、天竺朝山进香的必经地。《武林梵志》载："香积寺门临官河，帆樯往来者日百千计。秉烛犹喧，一径蜿蜒，茂林荫密，隐然城市，异薮也。"[①]

香积寺于元末毁于战火，明洪武四年（1371）重建，清康熙年间再度兴盛，造毗卢阁，建东西二石塔。《湖墅志略》载："实证，字祥文，号祥峰。康熙间，住香积寺。精严戒律，神悟圆通。拓广寺基，造毗卢阁，及于寺门建石塔二座，称丛林焉。"从诗中来看，在魏标生活的时代，香积寺又经劫火，钟声昏黯、香火寂寂，诗人重寻旧迹，唯有门前二石塔，古今盛衰令人感慨。香积寺作为运河入杭后的第一座寺庙，几经繁华，又多次遭到损毁并被重建。2009年，香积寺再度重建，再现了"杭州运河第一香，湖墅市井风情地"的胜景。

香积寺码头（池方越　摄）

再来看这首诗：

① 吴之鲸：《武林梵志》，杭州出版社，2006年，第66页。

古树三株剩一株，炎风吹折半枝枯。虎儿年遇连根拔，昭化唐松扫地无。

昭化寺在湖墅得胜桥东。《仁和县志》载："昭化寺在得胜桥东。唐名龙龛，在方林乡北河中界。绍兴间，迁于兹地。"[①]昭化寺历史悠久，寺中古树参天，《仁和县志》谓昭化寺殿后存唐朝松柏三株。《湖墅志略》载，"清乾隆年间，古树惟存其一，嘉庆己未夏，被风吹折。丙寅腊月，连根拔起。今惟寄生香樟存"。古树是昭化寺的象征，记录着寺庙的古老沧桑，魏诗写昭化寺，集中写寺中古树之吹折零落、不复存在，以树写寺，道出了历史的盛衰变化。

除冷寂寥落之外，《湖墅杂诗》也描绘了百姓于庙宇观戏游览的热闹场景。例如，"中秋节后逢腊，听曲潮王醉酒还"，记录了百姓在潮王庙前听戏的欢乐情景；"大觉院旁千胜殿，好添园景聚游人"，记录了百姓游览北关岳庙的情形。魏氏对于湖墅一带寺观庙宇的书写，呈现了清代湖墅的庙宇风光、宗教信仰与民间活动，从而构成了一道独特的人文风景。

二、湖墅的市井烟火与水乡风情

湖墅一带水陆互市、商贾骈集，是杭州城北人烟密集商贸发达之地。《湖墅杂诗》不仅描绘了湖墅的风景，还用了大量笔墨记录了市井风俗，以诗歌绘就了湖墅的风俗画卷，且看：

斗钉春盛竞绣茶，年糕攒甃白青花。灯棚十棒元宵鼓，张姓麻团只一家。

① 高鹏年：《湖墅小志》，载孙忠焕主编《杭州运河文献集成》第一册，杭州出版社，2009年，第384页。

得胜桥上的运河风光（池方越　摄）

这首诗记录了元宵佳节杭人的饮食特色与当时湖墅著名的小吃。斗钉是一种供陈设的食品，用五色食品在盘盒中堆积而成。明杨慎《艺林伐山·斗钉》云：“《食经》：五色小饼，作花卉禽兽珍宝形，按抑成之，盒中累积，名曰斗钉。今人犹云钉果盒、钉春盛是也。”[①]绣茶，指的是宋代用五色龙凤图形装饰的饼茶，“斗钉春盛竞绣茶”即描绘了春日杭人斗钉绣茶的饮食风俗。“年糕攒毽白青花”写的则是杭人元旦吃年糕的习俗，《湖墅志略》云：“杭俗，元旦必食年糕，取吉谶耳。委巷通衢横筐出卖者，什九皆白荡埣居人。有青、白、花三种，而青尤美。”“灯棚十棒元宵鼓”记载了元宵节灯棚结彩箫鼓百戏之热闹。“张姓麻团只一家”又将描述的视角回归饮食，张姓麻团是杭州麻团的招牌小店，位于湖墅，《北墅竹枝词·后咏》注：“张姓麻团，杭城内外只此一家。”

下面再看这一首：

卖鱼桥下水平矶，鹅炙新鲜嫩又肥。五界庙前春戏散，蜜橙百果买包归。

这首诗记录了湖墅卖鱼桥一带特为著名的小吃，由此勾绘出一幅市井生活的热闹图景。卖鱼桥，是归锦桥的俗称，在左家桥北，位于余杭塘河和上塘河的交汇处。明田汝城《西湖游览志》载：“归锦桥，俗称卖鱼桥，自此而上，至左家桥、夹城巷，皆称湖墅。”[②]杭嘉湖平原水系发达，是著名的鱼米之乡，稻米、水产由运河入杭，在此处形成鱼市，“卖鱼桥”之俗称即由此而来。卖鱼桥市贸繁华，是湖墅的中心地带，诗歌记录了此处味道尤佳、极其畅销的两种吃食：鹅炙、蜜橙百果。据《湖

① 引自杨慎所撰之《艺林伐山》，清光绪七至八年广汉钟登甲乐道斋访万卷楼刻函海本，卷十五，第5页。

② 田汝成（辑撰），尹晓宁（点校）：《西湖游览志》，上海古籍出版社，2017年，第200页。

墅志略》载，卖鱼桥上的烧鹅肥嫩尤美；蜜橙水百果糕，捣橙和蜜为之，香软耐久。春来水暖，淹没了卖鱼桥下的水边石矶，百姓们在桥西的五界庙观看社戏，多么惬意欢腾。戏散人归，还可以在卖鱼桥市买些烧鹅、蜜橙水百果糕等特色小吃。此诗语言通俗，情调轻快，充满了生活的烟火气息与愉悦氛围。

还有以下这两首：

其一

秋晚牙湾贩海鲜，蟹舟衔尾泊淮船。团脐紫爱香浮席，酒瓮藏留醉隔年。

其二

大兜晓贩趁鸡啼，重则肩挑轻手提。市语行情听惯熟，果称五月十三齐。

这两首作品诗人转换视角，重点刻画了湖墅牙湾、大兜、小兜一带的市场、商贩。“秋晚”一诗描绘了沿河泊船贩卖海鲜的牙湾海鲜集市，“大兜”一诗则描绘了商贩清晓赶集的生动场景。《仁和县志》载：“衙湾在通市桥东，内有香罗巷，北通大兜、小兜，俗称牙湾。”此处有蟹行，《湖墅志略》载，“今衙湾有蟹舟弄”。秋天正是螃蟹膏肥肉美、大量上市的时节，自江淮而下贩卖鱼蟹的商船成群结队地停泊在牙湾，日夜营业，形成专卖螃蟹的重要行市。大兜、小兜是杭人的商贸市场，魏标注引《北墅竹枝词·后咏》云：“大兜、小兜在香积寺南，乃杭人贩物处。”商贩们在鸡啼破晓前就已匆匆赶往市场，肩扛手提，带满了货品。市场上琳琅满目，到处响起了叫卖交易的市声行语。诗人通过商贩赶市的时间、动作、市语，从视觉和听觉等多方面生动刻画了大兜、小兜市场的热闹繁华。

大兜路街景（池方越 摄）

大兜路市集（池方越 摄）

综上，魏氏以诗笔生动记录了湖墅的市贸场景，也描绘了运河沿岸水乡百姓的生活风情：依水而居，靠水生存。“渔舟架屋草编门，寄托姚坟长子孙。卖得鱼钱沽美酒，居惟一姓自成村。”这首诗歌便记录了运河沿岸村民渔舟作屋、卖鱼沽酒的生活，《湖墅志略》载："赠吏部左侍郎姚宗墓，在南塘村，坟濒河。村民业渔，皆结茅沿岸住。"又如，"老菱新采出匋头，双桨划来一叶舟。泊近范婆摊上卖，不论斤两只论筹"，"沙田市小旧通江，瓜贩纷来语杂哤。晓听钟声殊胜寺，施家桥下进船双"，"新丝卖得贯腰缠，一路归途生晚烟。清水港看明月上，观音关趁夜航船"，等等。这些诗作分别记录了贩卖菱角、西瓜、蚕丝的农人驾舟前往市场或市卖归家的情形，展现了湖墅一带百姓农商绾合的生活模式，独具风情。

魏标《湖墅杂诗》共计百首，其自序有言："民谣采以著史""哲王听谚于市，太史陈诗以风"，可见其创作有着明显的以诗记史、以诗补史的理念。又因其先撰志后成诗的创作历程，《湖墅杂诗》有着明显的风土记述性质。该百首诗歌涉及湖墅风景、世情、民俗、人物等诸多面相，在纪实功能之外，作者又能兼顾诗歌的文艺属性与审美旨趣，由此湖墅的自然风光、人文历史也得以诗化呈现。故《湖墅杂诗》有着较高的文学文献价值，成为我们了解清代运河沿线湖墅风情的重要窗口。

第六章　运河名园“养素园”的诗歌题咏与文学活动

明清时期，杭州运河沿岸多私家园林。明时归锦桥（俗呼卖鱼桥）之南有金氏友庄庵，清乾隆年间，王驭陶得之，更名养素园。明杨廷槐归隐湖墅，居半道红杨园，有吐凤楼、容间阁诸胜，叠石为山，池沼亭榭具备，景色不减唐代王维之辋川别墅。清初，胡贞开罢归后筑室半道红，名其堂“米山”，其名出自明末著名画家蓝瑛在此曾放米芾父子所画之“云山图”。胡氏将此宅西北凿为池，堆池土而上，为冈、为嵁、为绝壑、为涧道、为小桥、为平坡，风光胜美。米山堂后归马氏、陈氏所有，改名息园，有十年读书处、小沧浪、望湖第一楼、索诗廊、�径、桃花水南、鸣玉涧、双桐庐、补萝轩、听雨山房、来爽亭、香雪坞等息园十二景。清钱秋岘在湖墅徐家巷置西岘园，园内有岘湖、岘榭、岘山、见山楼诸景，有园林山野之趣。此外，还有艮山门附近以观赏牡丹芍药为胜的张园、城东骆驼桥畔遍种芙蓉菊花的可羡园、横河桥东北茂林修竹的庾园、严沆的皋园、屠倬的潜园等。这些园林，大多湮没于后世，空留荒烟蔓草，所幸园林之盛景、文人之雅趣皆曾付诸歌吟，文字定格影像，供人遥想。在众多描写杭州运河名园的诗歌中，《养素园诗》（三卷）经三人先后集结，收录近五十位诗人的作品，其体量颇丰，艺术水准亦佳。

一、王氏养素园与《养素园诗》

金氏友庄庵，在归锦桥之南，旧有十景：绕屋梅花、倚楼临水、远树柔蓝、乾溪雨涨、夏木垂荫、疏雨梧桐、三秋丹桂、古寺鸣钟、秋深红叶、远山雪霁，前人题咏甚多。清初，王驭陶卜居湖墅，买金氏故居，爱其风光野趣，“阶前老树，多近百年。屋数廛，石数卷，颇称朴野”[①]。王驭陶将友庄庵易名养素园，通过王曾祥《十景后作》序可知其更名之由：

先生（王驭陶）之言曰：夫人身世之际，自有素分焉，不可或逾也。吾见一时宵人，有窃居非据者矣。当其得意，形神炎炎，车马之挥诃，僮奴之歌笑，衣服饮食之充斥，人世歆艳爱悦之物，莫不集于其门。迨夫事穷运尽，颠仆随之，有欲为委巷平民不可得者，岂非自忘其素者耶？吾心窃凛之。又或矫语逃名，矜情晦迹，心未忘乎轩冕。言每涉乎烟霞，托清士之栖盘，希古贤之游践，探奇叠嶂，选胜危岑，则又见其登顿为劳，而优柔顺养之道有所未足，亦匪吾所慕。吾于斯园，时倦而息，广不过数亩，吾朝夕得经行焉。有会而兴，时倦而息，山原林麓，无不与吾意亲也。草木、土石、水泉无不与吾情惬也。粲然而有色，吾目不穷于赏也。隐然而有声，吾耳不绝于娱也。户庭之间，杖履之下，见天地之旷焉，接品汇之蕃焉，吾亦原与斯园终老。[②]

王驭陶栖息园林，修身养素，守生命之本真，自得其乐。金氏友庄庵题咏甚多，王驭陶极力搜集，成《十景旧作》。收录严曾榘（柱峰）、柴望（秩于）、陈维崧（其年）、恽格（寿平）、洪昇（昉思）、沈荃（绎堂）、顾豹文（且庵）、王晫（丹麓）、徐士俊（野君）、蒋宗衡、袁骧、许国宾等12位诗人的111首诗作。

王氏得园之后，其子王容大对此园重加修葺，园中名流往来，复有投赠。《养素园诗》卷二《十景旧作》即为王驭陶之子王容大所辑。王容

① 《养素园诗》，载孙忠焕主编《杭州运河文献集成》第三册，杭州出版社，2009年，第115页。

② 《养素园诗》，载孙忠焕主编《杭州运河文献集成》第三册，杭州出版社，2009年，第169页。

大，名德溥，号澹和，喜藏书，养素园中有宝石轩，为王氏藏书室，所藏秘册古椠甚多。一时风雅诸公如王茨檐、汪槐堂、张南漪等，世称松里七子者，莫不乐与乔梓交。王容大之《十景旧作》，收齐了召南（息园）、沈德潜（归愚）、邵祖节（椒石）、周二学（药坡）、陈澜（文江）、金农（冬心）、沈大成（学子）、明中（大恒）、篆玉（让山）、沈廷芳（荻林）、汪沆（艮园）、陈楠（慎斋）、潘世仁（秋田）、张世荦（无夜）、汪宪（鱼亭）、何琪（春渚）等16位诗人的160首诗作。著名学者齐召南为《十景旧作》作序，序云：

人生陶情适性，朝夕可息。可游之乐，莫如家园。有景足以豁愁闷而畅啸歌，故虽一亭、一沼、一树、一石、一花、一草，稍堪寓目，即自欣然。吟赏忘倦，谓近在左右，足迹不出户庭，时候不拘晴雨，行李器用不计有无全缺，园居无异家居，乐其便也。若夫亭沼高深，树石奇古，花草灵异缤纷，得景不止一二，当时必号名园，后世且仿为图画。间有地背湖山，自为区域，外隔阛阓，中富烟霞迹，因前人名曰“养素”。如容大王生之奉亲养志，园有十景可乐，自昔竞传题咏者乎！王生能谨守家训，言行慥慥，以教子孙敦崇实学，不为时俗陋习所转移，闭户读书不知有户外事。陶靖节云：“园日涉以成趣，门虽设而常关。”可得其崖略矣。今将汇诸公前后题咏，来征序言。余谓斯园也，君子所居，即名教乐地也。风有《考槃》《衡门》，雅有《南陔》《白华》，序其集者，将无同。乾隆乙酉重阳，天台齐召南。①

齐召南，浙江天台人，字次风，号琼台、息园，清代著名史地学家，雍正七年副贡，乾隆元年，举博学鸿词，授检讨，与修《续文献通考》《大清一统志》等书，累擢至礼部侍郎。齐召南重经史之学，撰有《水道提纲》《历代帝王年表》《史汉功臣侯第考》《后汉公卿表》《宝纶堂文钞》

① 《养素园诗》，载孙忠焕主编《杭州运河文献集成》第三册，杭州出版社，2009年，第137页。

《赐砚堂诗》等。在给王容大《十景旧作》的序言中，齐召南引入陶渊明《归去来兮辞》中的“园日涉以成趣，门虽设而常关”来阐释王氏“养素”之道——以园林而陶情适性。王容大《十景旧作》开篇即录齐召南集陶诗十首，与其序交相呼应，可见养素园十景在风光秀美之外，更被赋予了深厚的人文内涵。

《养素园诗》卷三是王曾祥所辑之《十景后作》。王曾祥，字麟征，家贫，事亲孝，为松里七子之一。王曾祥中年时曾馆王德溥（澹和）家，课其子，往来园中，交往颇深，辑养素园诗作160首，并为之作序。《养素园诗》卷三收录了杭世骏（堇浦）、戴廷熺（鹂亭）、丁敬（龙泓）、俞光耀（道章）、陆飞（筱饮）、罗聘（两峰）、汪彭寿（药圃）、应澧（澫泉）、徐日连（勇庭）、沈士骏（朗峰）、汪舸（可舟）、柳溥（洁夫）、吴玉墀（小谷）、高绳武（湘纫）、梁同书（山舟）、魏成宪（春松）等16位诗人的作品。

从金氏的友庄庵到王氏的养素园，湖墅运河畔的这座园林历经繁华，雅会常集，名流往来，诗歌题咏，余韵风流。清咸丰年间太平军入杭，养素园毁于战乱，对此高鹏年《湖墅小志》卷二有云：“惜匪乱后，其地已成荆棘不可辨也。”[①]然400余首诗歌，却鲜活地保留了这座园林的胜景。

中国古典文人园林是建筑、山水、花木交融的艺术品，同时承载着园林主人的生命意识与审美好尚。园林主人亲身参与造园，为园林题名，在园中雅集、歌咏，使园林于基本的居住功能外，获得可居可游的文化功能，从而赋予园林以丰富的文化特质。《养素园诗》三卷展现了以园林为依托的文人交游与诗歌创作，亦透露出明清士人的文化品格与艺术追求。养素园地不过数亩，树石奇古，亭沼幽深，风景朴野。其园林十景并非按园中景致移步换景，而是依循四季，主要以四时佳致命名：春有绕屋梅花、倚楼临水、远树柔蓝、乾溪雨涨，夏有夏木

① 高鹏年：《湖墅小志》，载孙忠焕主编《杭州运河文献集成》第一册，杭州出版社，2009年，第414页。

垂荫，秋有疏雨梧桐、三秋丹桂、秋深红叶，冬有远山雪霁，等等。相较于更多倚赖园林建筑构造布局的“地理性十景”，养素园十景的设置更多仰靠文人文化品格的支撑，充分体现了园林主人亲近自然、吟咏性情的审美追求。

二、养素园十景的诗歌题咏

《养素园诗》所收诗歌形式不拘，以五七言律绝为主，杂四言、六言；除明末徐士俊以七律一首合咏十景外，大多诗人为一景赋一诗、一组十首。诗歌内容以自创居多，间有集句，数百首作品同题而作，作者亦多为一时诗词名家，如陈维崧、洪昇、沈德潜等；或为金石书画家，如何琪、金农、丁敬、沈荃等，可见一时歌咏之盛。这些诗歌具有较高的艺术价值，颇可诵读。

（一）花姿：绕屋梅花、三秋丹桂

草木花卉可对地域风光产生塑造作用。例如，柳永描绘西湖美景之《望海潮》云“三秋桂子，十里荷花”，至今仍是西湖的风景代言。此外，诸如黄山迎客松、栖霞山红叶等，也以草木形成独特风光。中式园林的景物主要模仿自然，草木花卉的种植则增加了园林的山野情趣，同时也通过有意的栽培布局来塑造园林的审美风格。养素园十景中，以草木花景命名的占了一半之多，其中与花有关的是绕屋梅花、三秋丹桂。

梅花傲寒，于料峭春风中绽放。古人很早就重视梅花自然外像背后的文化品格，并将其与松、柏并称“岁寒三友”，与兰、竹、菊并称“四君子”。文人以梅花比德，将梅花作为士大夫人格最为崇高的象征，他们常常在园林中种梅赏梅，并在诗画中歌咏描绘之。绕屋梅花作为养素园十景之首，既是四季风景的开始，也为园景奠定了雅致高洁的审美意趣。

暗香（池方越　摄）

《养素园诗》卷一开篇收录了严曾榘的十景诗，其绕屋梅花一篇以五绝之体描绘出梅花的傲寒清雅，诗云：

虬枝三百树，冰霜相与永。待月卷帘栊，和身是花影。[①]

该诗首二句从梅花枝干之美、冰霜之姿落笔，凸显了梅花之傲霜风骨，气韵凛然。后二句写月下赏梅，帘栊高卷，花影参差，又别是一番婉约情致。诗歌短短四句，将梅花刚柔兼济的审美特质道出，余韵绵延。

在《养素园诗》中，诗人们对于“绕屋梅花”的题咏，多集中于梅花冰雪之色、幽香之质、月照之影、幽独之境等，各有风神，且看：

小筑数椽欲敧干，老梅千树辄当门。香清已觉诗脾沁，花底闲吟雪

① 包括此诗在内，以下所录《养素园诗》，均引自孙忠焕主编《杭州运河文献集成》第三册，下文中不一一标注。

拥村。（邵祖节）

寒香幽绝处，深院别开门。翠羽晓惊梦，美人春断魂。客来不识路，如入罗浮村。（沈廷芳）

烟影一径深，月色满林晓。幽筑迥绝尘，况复梅花绕。疏疏照清池，短短护丛筱。嫩寒先起探，香破南枝早。（汪彭寿）

花开雪霜时，老干自屈强。调古拂瑶琴，梦回牵纸帐。（恽格）

纸帐，即纸帐梅花，一种由多样物件组合、装饰而成的卧具。对此宋代林洪《山家清事·梅花纸帐》曾有详细记载，反映了文人诗意淡泊的风雅之趣：“法用独床。旁植四黑漆柱，各挂以半锡瓶，插梅数枝，后设黑漆板约二尺，自地及顶，欲靠以清坐。左右设横木一，可挂衣，角安斑竹书贮一，藏书三四，挂白麈一。上作大方目顶，用细白楮衾作帐罩之。前安小踏床，于左植绿漆小荷叶一，寘香鼎，然紫藤香。中只用布单、楮衾、菊枕、蒲褥。”①

自宋林逋于杭州西湖孤山之上种梅隐居后，梅花便也具有了隐逸的文化内涵。清代著名诗人沈德潜写有“绕屋梅花”一诗，意在道出园林主人养素陶情之思，诗云：

何必孤山路，梅间得隐居。艳从晴雪后，影共晓云疏。
林下留嘉客，香中读古书。主人能养素，清极味何如？

隐居不必寻求孤山，有绕屋梅花数枝便得以寓目寄情，得隐逸之思。雪后放晴，梅花怒放，疏影横斜，共云徘徊，恰如斯园佳致，流连梅林，伴香读书，清幽之味，助人陶情冶性。这种构思也频频见于集中：

满径香浮径愈幽，幽栖何异在孤山。瑶林日夕堪吟咏，月上花梢未掩关。（蒋宗衡）

① 引自林洪所撰之《山家清事》，明正德嘉靖间顾氏夷白斋刻阳山顾氏文房小说四十种本。

屋外梅花发，周环几百株。且莫孤山去，孤山香不殊。（周二学）
梅花栽绕屋，香色远氤氲。知有高人在，终朝卧白云。（陈楠）

疏影（池方越　摄）

与赏梅的丰富多元相较，桂花主要以其弥漫的甜香著称。“月中桂”的传说与桂花之香气是诗人诗思的重要来源，且看：

黄铺绿缀满高柯，但觉中庭冷露多。昨夜西风吹太急，定传消息与嫦娥。（沈荃）

秋入幽芳粟粟丹，根移月窟不知寒。攀来满院天香落，莫作淮南招隐看。（邵祖节）

曲槛虚廊叠石幽，浓香千斛贮深愁。三分明月吹箫夜，冷醉闲吟过一秋。（陆飞）

剡溪移种列层阶，泼眼秋光香入怀。报道今年花信好，一枝攀取上天街。（汪沆）

在中国的神话传说中，月中有桂树，高五百丈，下有一人，名吴刚，吴刚学仙有过，谪令常斫桂树，树创随合。在中国人的浪漫想象里，桂树是天宫之树，那无迹可寻、随处漫溢的桂花甜香也仿佛是天宫飘落的寒香。桂花开放于秋寒之后，浓烈的香气伴随着清冷的秋光，别有一番浓郁却寂寥的情愫。淮南小山《招隐士》开篇即云：“桂树丛生兮山之幽，偃蹇连蜷兮枝相缭。山气巃嵸兮石嵯峨，溪谷崭岩兮水曾波”[①]，生动描绘了荒山溪谷中桂树丛生、“蟠曲交柯”之姿。诗人们也常用小山之典来描绘桂树之幽绝，种植桂树的养素园中亦有此佳处，正所谓“大好此间招隐，不让当年小山”（高绳武）。

（二）木色：远树柔蓝、夏木垂阴、疏雨梧桐、秋深红叶

养素园中树木繁盛，春日的浅绿鹅黄，夏日的绿荫葱郁，秋日的疏雨梧桐、红叶酡颜，四季轮回，构成了园中的不同风致，各有所赏；美景于园中触目可得，园与自然一起流转，亲昵无碍。有诗为证：

① 洪兴祖（撰），白化文等（点校）：《楚辞补注》，中华书局，1983年，第232页。

变绿非关水，烘青不待山。差池与高下，都在有无间。（陈维崧）

二月柔枝已可怜，半含晴日半烘烟。东风却似吴娥翦，翦得蓝桥数尺天。（沈荃）

年年三二月，烘就蔚蓝天。楼阁于中敞，郊原一望偏。依依含夕照，历历带朝烟。水洁山明处，参差倍可怜。（洪昇）

早春二月，万物复苏，柔枝初发，如烟的新绿映衬着柔和蓝天，一片温柔可爱。

不待摇风暑已降，枝交叶接影憧憧。消闲一局残棋在，岂许斜晖到竹窗。（顾豹文）

绿树丛丛香满庭，倦人天气睡初醒。熏风几度垂阴处，噪午蝉琴次第听。（袁骧）

千章夏木障浓阴（今作“浓荫”。——作者注），昼午摊书小院深。一曲薰风（今作“熏风”。——作者注）弦内意，卷帘松色上瑶琴。（邵祖节）

燥热的夏日午后，浓荫带来了一片小小的清凉与闲适，诗人们或在院中的小椅上摊书浅读，或听聒噪的夏蝉与悠悠的琴声相唱和或研究一局残棋，欣赏一帘松色，等待一缕斜晖。诗人们在夏日的熏风中做着颓唐浪漫的美梦，夏木的浓荫将酷暑的热浪氤氲弥漫成诗意。

淡淡云初合，萧萧叶渐稀。碧栏金井畔，如露湿苔衣。（陈澜）

雨洒庭梧暝不收，花关人静助清幽。初疑佩响鸣寒玉，落叶啼乌起暮愁。（许国宾）

高梧掠影乡骚飕，阿阁重阴薄雨流。密叶暗沉宫徵细，碧云遥坠暑炎收。辘轳凉萤千家暮，管箪清输一夜秋。好待凤凰骞羽翼，孙枝婀娜舞青缪。（应澧）

唐代著名诗人孟浩然曾以“微云淡河汉，疏雨滴梧桐”名动长安，养素园十景中之“疏雨梧桐”即取自孟浩然诗意，诗人们歌咏此景，也常常呼应孟诗，如“心折襄阳佳句，悠然吟到宵分”。秋气爽朗，秋云淡薄，转黄的梧叶不时地如孤帆般漂流坠落；萧疏的秋雨，在高梧朗叶上奏乐，声声不住，化作秋凉，伴人秋窗。

可能没有一个季节像秋一样，复杂地包容着生的华丽与死的凄恻。衰败寂寥、内敛自苦的疏雨梧桐，也不能完全抵抗一席炽热的山红。美的丰富多元刻画着心灵感受的不同向度，化作同样斑斓的万千诗意，且看：

烘出枫林一抹山，焜黄老绿幻林间。何缘秋老红如许，定有丹砂诀驻颜。（汪沆）

疏林延眺列繁华，枫叶霜酣树树花。应想此时高卧起，凝眸倒屣看丹霞。（许国宾）

霜落明丹枫，秋光净如拭。返照入深林，遥天同一色。（陈楠）

枫红（池方越　摄）

诗人们热情地歌颂着秋日红叶，在一切走向肃杀寂寥的秋天，这抹枫红仿若春光，仿若丹霞，仿若驻颜有术、青春不老。与宁静的、幽远的诗歌意境不同，《养素园诗》中的红叶诗多情感饱满，诗情洋溢。

中国园林的花木，不仅仅是为了绿化，更重要的是其栽植布局具有诗情画意。绕屋梅花，月下丹桂，滴雨梧桐，深林红叶，都是园林之胜。恰如宋人郭熙所谓之“山以水为血脉，以草木为毛发，以烟云为神采”①，园林中的花木对于园林美感的塑造非常重要。

（三）水景：倚楼临水、乾溪雨涨

仁者乐山，智者乐水。中国园林追求的是城中之隐，以山水花木再现园中，虽由人作，宛自天开，便可于一方天地中情寄山水，避去俗凡。建筑、山石、水池、花木是中国园林中不可或缺的要素，几者之间相互组合、映衬，花间隐榭、水边楼台是常见的构园之法，以此构成不同的空间，形成幽深的意境。

“倚楼临水”亦是养素园十景之一。诗人们用白描手法，描绘水边楼台的无限风光。潭影悠悠，红栏曲折，烟中列岫，楼头夕阳，跳跃的红鲤，飞渡的苍鹭，让人流连忘返，且看：

层楼高百尺，一水与因依。潭曲留人影，波光上客衣。岂无红鲤跃，自有白鸥飞。休讶凭栏久，流连不忍归。（洪昇）

红栏屈曲碧潭幽，隔岸烟岚望里收。最是须眉堪鉴处，夕阳一片在楼头。（沈荃）

群峰列画屏，一楼倚烟水。渌净无纤尘，物影鉴州里。青林回绕之，时有苍鹭起。（吴玉墀）

很多时候，诗人们集中描绘潭水之清澈幽静，让观景与内心修炼自省结合，借以抒发倚楼人淡泊澄明的心境、遁世归隐的情思，且看：

① 郭熙、郭思：《林泉高致》，载俞剑华编《中国古代画论精读》，人民美术出版社，2011年，第276页。

空潭净无尘，与天同一色。脉脉倚楼人，于兹若有得。（柴望）

一镜傍楼明，幽人时管领。永日凭回栏，清波涵倒影。（陈维崧）

高阁临溪筑，波光漾夕晖。一声闻欸乃，遥见钓鱼船。（杭世骏）

十景中与水相关的还有“乾溪雨涨”，其命名或许受到湖墅八景“陡门春涨”的影响。“乾溪雨涨”的景观名称本身即蕴含着一种动态，诗人们也多从潇潇的落雨、奔涌的溪泉入手，描绘出一幅与“倚楼临水”静态水景决然不同的生动景观，且看：

一溪林麓外，不雨不萦洄。每值翻盆后，如分瀑布来。居然走沙石，亦足映楼台。莫笑同沟浍，余波润绿苔。（洪昇）

云气腾空石汗生，盈溪绿涨片时成。淙淙一道缘阶去，仍作从前急雨声。（顾豹文）

宛然幽草涧边生，一夕如穿渠水成。溅玉跳珠等闲事，田头喜免桔槔声。（汪沆）

从诗歌描绘来看，乾溪日常只有浅浅水流，每逢雨水充足之际，盈涨奔腾，溅玉跳珠之时，即可作浮觞泛舟之想，堪称一景，煞是喜人。也有诗人正从这变幻的生机中探求万物之理、心灵之境，且看：

俄闻溪雨喧，瞥见溪流涨。物外有盈虚，我心无得丧。（陈楠）

枕上听雨急，凌晨玩溪水。犹疑春潮生，回风泛□（此处原字已无从考证。——作者注）起。物理复偶然，流行悟微旨。（沈士骏）

总之，倚楼临水、乾溪雨涨，一静一动，共同构建了养素园的水景风光，为诗人提供了体物游赏的物理对象与精神空间。

（四）山光：古寺鸣钟、远山雪霁

中国园林讲究借景，如北京圆明园便是“因水成景，借景西山”，其园内景物皆因水而筑，招西山入园。无锡寄畅园则为山麓园，其景物皆面山而构，纳园外山景于园内。养素园不过数亩之园，但却宽绰而不觉局促，这与其巧妙借园外之景有关。养素园十景中之“古寺鸣钟”等便借远山之声色景观入园，使人虽身处园内，却可观天地广大，且看：

或逐晨风过，或带夕阳度。一杵响空山，白云笼不住。（柴望）

化城钟应五更谯，远和松声似晓潮。夜欲终时天未白，半窗明月伴香消。（袁骧）

远寺蒲牢，最堪清听。月下声圆，人间梦醒。（明中）

在尘世间小小的一方园林中，听着远方的空山钟鸣，或伴着晨风，或随着夕阳，或和着松涛，或笼着云烟；绝尘的声响，唤起世间一梦，清音堪听，人生圆满。

湖墅八景中有“皋亭积雪”一胜，位于湖墅的养素园，亦可于园中远眺，欣赏雪色山景，固有“远山雪霁”一景，且看：

雪后峰峦变，开帘望欲空。似移青嶂去，却裹白盐中。有待盈溪水，无嫌到面风。夕阳深浅色，不与向时同。（洪昇）

养素足优游，遥山尽入楼。雪晴眸更豁，皴粉涴峰头。北峙糊黄鹤（按皋亭山有黄鹤峰），西倾走玉虬。春风消尽也，赚得白云留。（张世荦）

同云卷长空，蔚蓝拆天罅。遥山雪尚满，晶莹初日射。依稀樵径边，一点见茅舍。（何琪）

优游于养素园中，登楼远望，远山雪霁、樵径茅舍、夕阳深浅，仿若一个晶莹的尘外之境。养素园十景，以春日绕屋梅花的近景小景开端，以冬日遥山雪霁的外景远景收束，景色四季各有所赏，远近相映成色，得中国山水诗画之佳境，引文人竞相题咏。

三、养素园诗与文学交游

中国传统文人园林可游可居，具有生活与艺术的双重功用，园林一方面模拟自然，满足文人的山水之想，另一方面又积极承担起文化集会的社交功能。园主有意识地组织游园雅集，开展文学创作，如清朝嘉庆、道光之际活动于杭州的“潜园吟社”，便由屠倬在其居所“潜园”发起成立。屠倬《潜园吟社集序》云：

乙亥冬，于役京师。明年闰夏，以先大夫忧南还，得城东北何氏小园以居。居室不多，无高深崇闳之观，而饶池石花木之胜。闭关伏匿，抱影呻吟；几蹈子美故纸之劾，窃怀右军誓墓之感，爰名之曰“潜园”……逮鼓祥琴，宾客稍集，觞咏间作，于是吟社兴焉……居三年，贫不能留，辄徙去，赁周氏之半宅。妇子偪处，介乎灶觚鸡栅之间。宅隅数椽，俯池一曲，犹强颜而谓之园，仍其名，而吟社如故。

可见，明清园林作为文学集会场所，对于交游唱和、文学创作与文学社团有着重要作用。《潜园吟社集》中的《潜园销夏，屠琴坞馆丈主之》等组诗，便生动再现了游园、集会与文学创作的密切关系。

如前所述，养素园位于湖墅运河畔，交通发达，风景秀丽。此地旧有十景，题咏已多，待王驭陶得园后，力集旧作，作《十景旧作》，收有徐士俊、洪昇、严曾榘等明末清初诗人的作品，并集中了蒋宗衡、袁骧、许国宾三人所咏作为唱和步韵之作，以“远山雪霁”为例：

极目寒云卷复舒，岚光霁色两涵虚。遥岑雪未消融处，断续仍于鸟

迹书。（蒋宗衡）

晓起凭楼天气舒，遥山霁雪近清虚。一行征雁闲渲染，状出狂僧醉后书。（袁骧）

雪晴山顶黛先舒，霁色闲庄诵子虚。琪树瑶花融已尽，竹间应湿旧题书。（许国宾）

可见，养素园早期便有文学雅集、诗歌唱和，养素园十景的选定或也与文学活动相关。王驭陶在《十景旧作》自序中曾言："高贤胜友，倘有当于吟情，惠以佳咏，俾林泉生色，何幸如之。"可知王氏得园后，也积极组织游园集会、诗歌题咏。园中名流往来，复有投赠，养素园十景诗也日益增衍。

往来于养素园中并留下题咏的诗人有近50位，其中有以词著称的陈维崧，诗人杭世骏、汪沆、戏曲家洪昇，诗论家沈德潜；有以书画篆刻等名世的何琪、金农、丁敬、沈荃、戴廷熺等；还有一时高官、耆旧、大儒、才士，如严曾榘、顾豹文、王晫、齐召南、松里七子等。养素园为当时的文艺名家提供了交流集会的场所，园中十景悦人耳目，更有藏书楼、宝石轩，一时风雅诸公，群贤毕至。以养素园为中心，推动了杭州一带士人的交往以及文学艺术的创作、交流与繁荣。从《养素园诗》留下的风流余韵中，可以看到明清湖墅运河名园的景色风貌及其背后的文人生活与精神世界。

第七章　清末竹枝歌谣里的运河百态

晚清时期，陈蝶仙撰《拱宸桥竹枝词》，以通俗的歌词展现了清末杭州运河拱宸桥一带的社会众相、风情民俗。陈蝶仙（1879—1940），原名寿嵩，字昆叔，后改名栩，字栩园，号蝶仙，曾署名天虚我生。陈蝶仙是钱塘人，清末贡生，早年曾留学日本，归国后创办报纸，亦担任多种报刊主笔，是鸳鸯蝴蝶派代表作家。陈蝶仙工诗词，谙音律，擅琴能画，旁及金石，著有诗词曲汇集《栩园丛稿》，长篇小说《桃花梦传奇》《泪珠缘》，音律著作《音律图考》《曲谱正宗》，等等。陈蝶仙所撰《拱宸桥竹枝词》共120首，分为上下两卷，上卷主要涉及场所、事物，下卷写各色人物，其内容包括通商场、租界、界河桥、停车场、登云里、便民仓、湖墅船局、公益纱厂、悦来客栈、寿山堂药铺、书场、华捕、车夫、地保、清官人、苏式打扮、海式打扮、杭式打扮等。《拱宸桥竹枝词》语言浅近通俗，笔触自由开放，嬉笑怒骂，涉笔成趣，展现了清末杭州运河拱宸桥一带独特的社会风貌。

拱宸桥航运今景（池方越　摄）

拱宸桥，横跨京杭大运河，始建于明崇祯四年（1631），在清代曾几经毁坏、重建，光绪十一年（1885）在杭人丁丙的主持下再次重修。拱宸桥巍峨高大，为三孔薄墩联拱驼峰桥，是运河到杭州的终点标志。清光绪二十一年（1895），杭州依《马关条约》被开为日本通商商埠，拱宸桥亦被辟为日本租界：西以运河为界，南至拱宸桥，北至瓦窑头，东以陆家务河为界。日租界设立后，英美等国按“利益均沾”约章，要求在拱宸桥通商场内租地经营。拱宸桥开埠后，三教九流聚集，日本人“凡可助市场发达之事，虽鄙贱亦不禁阻，故首倡公娼，以招徕游客”[①]。拱宸桥一带五馆齐兴，妓馆、烟馆、赌馆、戏馆、菜馆日夜经营，给这里带来了畸形的繁荣，繁荣的背后是民族的耻辱，这不能不让有识之士痛心疾首。

拱宸桥南北通津牌坊（池方越　摄）

① 何扬名等：《解放前拱宸桥娼妓业》，载杭州市政协文史资料委员会编《杭州文史资料》第18辑，1994年，第160页。

竹枝词发源于中唐时期，后期逐渐演变为歌咏地方风土的词调，及至清代更是蔚为大观。晚清时期的陈蝶仙仍然采用这一传统形式，尽写拱宸桥的社会百态。与清代魏标《湖墅杂诗》所描绘的兼具古典气质与商贸氛围的湖墅风光不同，陈蝶仙描绘的是具有浓厚商业气息、鲜明殖民文化色彩的拱宸桥，以及由之催生的光怪陆离的城市景象、娱乐方式、各色人物和市民生活，展现了特殊时代特殊地域的风俗现象。陈蝶仙自谓“此诗如讽如谣，固足博粲”。凌宗玉在《拱宸桥竹枝词》序中说，此陈蝶仙之120首诗两宿即成，“举凡世俗恶习，直揭而出，颇似言官声目。其间嬉笑怒骂处，尤足破人积闷，为之解颐”[①]。其诗讽刺谐谑，足见作者创作之旨趣，且看：

《通商场一》

画阁沿街屋比邻，四夷来服尽称臣。洋场未必非皇土，号令如何听外人。

《拱宸桥二》

不数秦淮红板桥，长虹压水暗通潮。晚来水面看灯影，电掣金蛇一万条。

《租界三》

金钱百万自天来，南北东西马路开。尽把山丘作华屋，分明蜃市幻楼台。

《界河四》

确确钿车走有声，绿油栏子板桥平。如今水亦分中外，桥外水浑桥里清。[②]

以上这四首作品，分别描写了通商场、拱宸桥、租界、界河，一方

① 陈蝶仙：《拱宸桥竹枝词》，引自孙忠焕主编《杭州运河文献集成》第一册，杭州出版社，2009年，第591页。

② 本文所引陈蝶仙《拱宸桥竹枝词》，均引自孙忠焕主编《杭州运河文献集成》第一册，以下不再一一注明。

面展现了拱宸桥租界画阁鳞次栉比、经营昼夜不息的繁华场面，另一方面又辛辣地讽刺了租界之“国中国”的性质、销金窟的畸形、浑浊脏污的环境、海市蜃楼般的虚妄。诗人对此饱含愤怒鄙夷，却又深感无奈，道出了晚清士人面对无法挽回的社会颓状时内心的痛苦。

拱宸桥运河沿岸

拱宸桥被辟为租界后，日本人为了迅速营收，大肆经营妓馆，拱宸桥一带遂沦落为知名的北里勾栏之所。当年报载，“在民国二十二年（1933）至二十三年（1934）间，是拱宸桥最繁盛时期，戏院、旅社，家家客满。夕阳西下后，小包车、马车往来穿梭于拱三段道上，大马路上人群熙来攘往，摩肩接臂，热闹异常。每一家娼妓公寓，门外电炬通明。高级妓女尚差包车，闪耀着红蓝光芒的干电炬，在大街上招摇过市，风头十足”①。

拱宸桥的妓馆分为三等：一等妓馆在“福海里”，石库门、四方天井的布局，是1928年上海人郑麻皮仿照上海福海里建造的，在福海里营业的是高级艺妓，擅琴棋书画；二等妓馆中的妓女杂居在拱宸桥东大马路和里马

① 何扬名等：《解放前拱宸桥娼妓业》，载杭州市政协文史资料委员会编《杭州文史资料》第18辑，1994年，第160页。

路的市肆楼上；三等妓馆中的妓女聚集在拱宸桥西，属于日租界中拱宸桥“红灯区”的辐射范围。陈蝶仙《拱宸桥竹枝词》中有大量诗篇涉及当时的妓馆、各个等级的妓女、妓馆的服务人员以及嫖客，以下略举数篇。

《登云里六》

迷香小洞号登云，婉婉笙歌比户闻。墙后荒丘墙外路，夜深故鬼唱秋坟。

《如意里七》

三两人家一径长，歌场邻近稻田场。名花未必皆如意，一带朱扉掩夕阳。

《双泉衖八》

粉墙夹道少人行，莫向桃源错问津。冷落双泉一泓水，石栏杆子凝歌尘。

《长春里九》

短短花墙碧玉家，枇杷门巷悄无哗。门楣小字书名氏，欲访云英莫认差。

《永安里十》

月楼花院对门开，片片红笺出局来。不带琵琶说时髦，玻璃轿子外场抬。

《姨娘六十七》

灵心俏步活双瞳，觅觅寻寻西复东。获得檀郎如至宝，但看笑递水烟筒。

《大姐六十八》

两边花插小圆头，解识春情一半羞。不买吴绫裹双足，套云鞋子薄罗兜。

《长三六十九》

一掐檀痕便有情，佳名艳羡说先生。如何未嫁浮梁贾，也觉琵琶带怨声。

《幺二七十》

工颦笑语也风流，为甚身家逊一筹。小姐本来饶态度，不整檀板与歌喉。

《野鸡七十一》

涎脸顽皮挤复推，但教平视莫头回。防他苦苦牵衣说，阿到侬家白相来。

《鸨儿七十二》

赚金卖笑不为贪，多买娇娃十二三。拜倒张仙坟畔祝，只求生女莫生男。

《小本家七十三》

休认寻常陌上花，等闲不肯抱琵琶。新来生客无人识，忙煞垂髫小本家。

《清官人七十四》

年华小小可怜侬，背地罗衾浣旧红。去岁分明烧蜡烛，今年又要客梳笼。

《外场七十五》

衣衫短短又拴腰，鸭蛋灯笼一指挑。轿子虽轻抬不惯，偏生要过拱宸桥。

《相帮七十六》

枯黄辫子缭鬑鬑，计拙如鸠力似牛。绞罢手巾抬面散，嘴边沾得一分油。

《狎客七十七》

十二洋蚨酒一抬，悭囊倾尽也心开。多应一事留余恨，软绣香衾睡不来。

《书寓八十三》

姓氏书红小纸条，画楼窗槛出花梢。重来燕子如相识，好向乌衣认旧巢。

《点大蜡烛一百十六》

碧玉年华十八娘，如何真肯嫁王昌。分明不改娇模样，只把双眉故画长。

旧时妓院中妓女有长三、幺二的等级名称，长三是高级妓女，幺二是次一等的妓女。《二十年目睹之怪现状》第三三回云：“他近来发了财，还到我们这里来么，要到四马路嫖长三去了！”①鲁迅《南腔北调集·关于女人》也说：“上海的时髦是从长三幺二传到姨太太之流，从姨太太之流再传到太太奶奶小姐。”②野鸡指的是沿街拉客的游娼暗妓，鸨儿指妓女的假母、开设妓院的女人，清官人指尚未接客的妓女，妓院中处女只梳辫，接客后梳髻，梳笼便指妓女第一次接客伴宿。点大蜡烛是指妓女初夜，古时婚嫁有“洞房花烛夜”，花烛是婚礼的仪式，对女子意义非凡，平常女子婚嫁有繁复热闹的婚礼仪式，妓女的初夜则只有红烛佐证。娘姨、大姐，指妓院中的使女、佣人等，外场指妓院里在外边干杂事的仆人，相帮是妓院中的男仆。《二十年目睹之怪现状》第一〇六回云：“这些债，都是向那些龟奴、鳖爪、大姐、娘姨等处借来的。”③《孽海花》第三二回云：“彩云道：‘此外就是租房子，铺房间，僱用大姐相帮。’”④《海上花列传》第二回云：“只见一个半老娘姨，一手提水铫子，一手托两盒烟膏，蹭上楼来。”⑤

诗人嬉笑怒骂，以香艳、调笑、戏谑又暗含悲悯的笔调生动形象地描绘了妓馆酒楼纸醉金迷的生活与妓馆从业人员的种种情状。拱宸桥一带的妓馆林立，其间的长三能琴擅画有艺傍身；么二艺逊一筹，靠的是妩媚风流；下等妓女则被称为野鸡，在街头拉客，涎脸顽皮，可悲可叹；娘姨、大姐等妓馆女佣，也沾染着风尘气息。正所谓“拜倒张仙坟畔祝，

① 吴趼人（著），宋世嘉（校点）：《二十年目睹之怪现状》，上海古籍出版社，2011年，第167页。

② 鲁迅：《南腔北调集》，人民文学出版社，2006年，第113页。

③ 吴趼人（著），宋世嘉（校点）：《二十年目睹之怪现状》，上海古籍出版社，2011年，第609页。

④ 曾朴（著），张明高（校注）：《孽海花》，人民文学出版社，2006年，第446页。

⑤ 韩邦庆（著），典耀（整理）：《海上花列传》，人民文学出版社，1982年，第11页。

只求生女莫生男”，诗人在此刻画了老鸨磕头求拜的滑稽画面，又化用唐白居易《长恨歌》中“不重生男重生女”，表达了贪婪罪恶的人性欲望，折射了畸形丑恶的社会现象。无论原来清白如何，只要从事了这个行业，终究逃不过沦落的命运。可叹妓女们为了生计，对此也不以为耻，只欲在这花花世界中拔得头筹。1927年冯冷公创办《花丛日报》，专写妓女生活，开花榜，登广告。陈蝶仙《花榜一百十三》云，“面貌妍媸不自知，等闲个个是西施。若教肯许登花榜，不要缠头只要诗”，可谓是描绘出了这可悲可笑的一幕。

清末社会动荡，西方资本入侵，娼妓业在沿海城市及通商口岸滋生繁荣。《中国娼妓史》这样记载了上海娼妓业的情形：“上海青楼之盛，甲于天下。十里洋场，钗光鬓影，几如过江之鲫。每逢国家有变故，而海上北里繁盛，益倍于从前。贵游豪客之征逐于烟花场中者，肩摩毂击。一岁所费金钱，殆难数计。自道光二十二年末与外人通商之先，上海仅海滨弹丸小邑。1842年后，其娼妓‘事业’与工商业有骈进之势。”①清末，报刊登花榜之事最初也是在上海流行的。清末文人李伯元于光绪丙申年（1896）创办《游戏报》，以开花榜为首事。丁酉年（1897）六月花榜揭晓，开榜当日《游戏报》洛阳纸贵，“初出五千张，日未午即售罄，而购阅者尚纷至沓来，不得已重付手民排印，又出三千余纸，计共八千有奇。三日以来，而购者仍络绎不绝。”②

拱宸桥号称“小上海”，此地娼妓业的发展亦如此，是社会动乱与通商开埠的畸形产物。晚清描写娼妓业的竹枝词很多，如袁祖志《沪上竹枝词》、王韬《沪上词场竹枝词》、李庚《妓船竹枝词》、苕溪醉墨生《青楼竹枝词》、管斯骏《野鸡竹枝词》、佚名《沪上青楼竹枝词》等，均对上海娼妓业有所描写，可与陈蝶仙《拱宸桥竹枝词》中的相关诗篇对读。从中可见一时之社会现象，商业的兴起、社会的动乱、文明的碰撞、价

---

① 王书奴：《中国娼妓史》，上海三联书店，1988年，第296页。

② 陈紫竹：《花榜选秀——清末报馆与妓寮合演的一场闹剧》，载刘军主编《中国国家历史》第七辑，东方出版社，2016年，第126页。

值观的沦丧，都在这些篇章中留下了血泪痕迹。

妓馆之外，陈蝶仙《拱宸桥竹枝词》中还书写了租界内的茶楼、菜馆、烟管、戏园等娱乐场所，且看：

《武林第一楼茶二十七》

窗明几净手巾香，镜槛玻楹隔几房。茶博也知人势利，书联特请李中堂。

《玉楼杏花春酒二十八》

集贤楼对杏花春，三寸红笺唤美人。一曲琵琶一樽酒，胭脂红透小樱唇。

《东西聚华楼京菜二十九》

炸肉烹鱼炮制工，宁波堂倌总和通。东楼热闹西楼冷，一式烹调也不同。

《第一春番菜三十》

价目悬牌细细开，布帷漂白罩长台。一般滋味无区别，只有刀叉两样来。

《一层楼烟间三十一》

紫檀云石小坑床，分别官房与客房。笑煞糊涂虫一个，也知高枕傲羲皇。

《书场三十八》

灯火齐明十二楼，美人高座说风流。听来不是生公法，顽石如何尽点头。

《秋江月照楼三十九》

华灯累累出檐明，弦索声兼笑语声。金字玻璃牌子小，姑苏特请某先生。

《继创晏月楼四十》

十幅珠帘尽上钩，鹅笙象板忒风流。如何一样歌声好，不及秋江月照楼。

《天乐冒儿戏园四十一》

妙舞清歌擅胜场，女儿声口是维扬。雅仙老去银珠嫁，门口枇杷花不香。

《天仙阳春戏馆四十二》

洋街两面沸笙歌，戏馆茶园逐渐多。国忌如今不都禁，日间弹唱夜开锣。

《灯彩戏四十三》

登场都学小蛮腰，扑朔雌雄一样娇。不唱京腔唱梆子，斗牛宫罢洛阳桥。

《串戏四十五》

登场傀儡觅知音，顾影应教笑不禁。但得人家称句好，赏封不掷也开心。

《点戏四十六》

姓氏荣书白粉牌，戏文不看看裙钗。洋蚨两只忙抛出，手汗津津暗地揩。

荣华古戏台（池方越　摄）

上述诗歌反映了彼时拱宸桥一带饮食娱乐业的繁荣，如描写“番菜”诗歌之“一般滋味无区别，只有刀叉两样来”，展现了租界地带的餐饮特色。此外，诗人对书场、戏园亦着墨颇多。拱宸桥一带是当时杭州的商业中心，这里茶馆戏院有天仙、阳春、荣华、福仙等，当时武林门南杭州城中的人也要坐着“东洋车”到拱宸桥看戏。对此，诗人绘声绘色地描绘了“美人说风流，弦索兼笑语，妙舞清歌擅胜场”的娱乐场景。面对沸腾的笙歌，林立的戏馆茶园，满目琳琅，心内疮痍，正所谓“国忌如今不都禁，日间弹唱夜开锣”，作为国中国的拱宸桥，虽是国土，却听令于洋人，日夜弹唱，不顾国忌，不能不令人唏嘘悲慨。在“串戏”“点戏”二首诗中，诗人以串戏票友、点戏观众为书写对象，谐谑讽刺，绘就了一幅滑稽图。如今，拱宸桥东畔留存了唯一一座古戏台“荣华戏园”，曾与天仙、阳春并称“杭州三大戏园”，2006年杭州拱墅区于旧址重修。如今，戏台上会举行公益戏曲表演，以传承传统文化。

陈蝶仙的《拱宸桥竹枝词》还花了大量笔墨描写各个职能机构，讽刺官场贪墨、法度混乱，且看：

《大关厘局十二》

票子三联写一张，司巡诈得委员当。抽厘助饷能多少，半解藩司半入囊。

《便民仓十三》

重门静锁不轻开，兵饷官粮逐渐裁。可惜年年饱仓鼠，饥民能吃几颗来。

《湖墅船局十四》

暗取规银不号捐，微官也许掌微权。民舟盗舫轻轻放，不放过门跳板船。

《巡防局十五》

添设分巡与总巡，差丁都似虎狼军。长枷大板无他用，一注人情办一人。

古戏台当今的戏剧表演与传承（池方越　摄）

《工程局十六》

片纸绯红写大名，拱宸桥外督工程。俸银不够供挥霍，暗地公银扣几成。

《会审公堂十七》

多买黄花饰画檐，公堂无事镇垂帘。一竿标出青云外，错认桥头卖酒帘。

《洋关十八》

虎头牌子挂门台，不看舱时不许开。便载棺枋关上过，死人也要报钱来。

《巡捕房十九》

风流罪过苦相寻，漫说西人法律森。自有洋蚨能买放，捕房虚设到于今。

《华捕五十七》

红缨帽子宝星装，蓝布衣裳四角镶。一尺木槌闲在手，流氓不管看吴娘。

关旧址（池方越　摄）

洋关旧址（池方越　摄）

凌宗玉在序中称“凡举世俗恶习，直揭而出，颇似言官声目”，评价可谓精当。陈蝶仙也自谓：“第集中揭官场短处太显，窃恐遭人睚眦。”[①]确实，雪崩时，没有一片雪花是无辜的。陈蝶仙用竹枝词的形式揭露了一个混乱黑暗、贪婪无度、价值沦丧、毫无出路的社会，以及在这社会里浑浑噩噩、各自过活、形形色色的人。时光如白云苍狗，历史似沧海桑田。旧时诗情画意、市井繁华的运河水乡，在清末却化成了殖民者经营下众声喧哗、光怪陆离的异化之域。曾经的诗歌既记录了这片土地的美好，也记录了它的满目疮痍。

如今，运河沿岸风光如绘，拱宸桥已经成为杭州拱墅区的核心区域，人潮涌动，繁华热闹。但应当清楚的是，只有我们听懂了它曾经的吟唱，才能珍视这现在的水光脉脉。

---

① 陈蝶仙：《拱宸桥竹枝词》，载孙忠焕主编《杭州运河文献集成》第一册，杭州出版社，2009年，第591页。

拱宸桥历史文化街区（池方越　摄）

大运河杭钢工业遗址公园（池方越 摄）

大运河支流杭钢河畔景观带（池方越 摄）